最強の異世界 やりすぎ旅行記 2

A L P H A L I G H T

萩場ぬし
Hagiba Nusi

メア・ルーク・ワンド
ラライナ王国国王の孫娘。
見た目は不良な引きこもり。
アヤト
本名、小鳥遊綾人。
元の世界で最強だからと
異世界に招待された青年。
ウル
青髪青肌にオッドアイを持つ、
黒い角が生えた魔族の少女。
ルウ
赤髪赤肌にオッドアイを持つ、
鬼の亜人の少女。

ミーナ
アヤトと共にコノハ学園に通う、
寡黙な猫耳少女。
エリーゼ
アヤトの通う学園の高等部三年生。
常に無表情で、謎に包まれている。
カイト
リナのクラスメイトの剣士。
ツッコミ役兼弄られキャラ。
リナ
とてもシャイな中等部一年生。
百発百中の弓の名手。
CHARACTERS
主な登場人物

第1話　奴隷商人

薄暗い部屋の中、俺の正面にいる男が怪しく笑う。

「ヒヒッ、旦那様。どうです、ウチの『商品』は？」

太った男が片手を広げ示したその先には、鎖に繋がれた二人の少女が、ボロボロの布切れを身に纏って佇んでいた。

目は生気を失っており、肌に傷がつけられて呼吸が荒い。

二人のうち片方は、赤髪に赤い肌の、角を持つ亜人。もう一人は水色の髪に青い肌の魔族だ。

そして俺はそんな少女たちを前に、下卑た笑みを浮かべる豚野郎……いや、奴隷商人と商談していた。

……何故俺が、こんなクソ野郎と商談することになったのか。

それは数時間前に遡るのだが……まずは俺の紹介をしておこう。

俺の名前は小鳥遊綾人。ある日突然この異世界へ、ここの神様であるシトによって連れてこられた高校生だ。

俺が選ばれた理由だが、まず一つは、元の世界で一番強いから。そしてもう一つは、『必ず死ぬ』という『悪魔の呪い』と、『寿命以外の死を必ず回避する』という『神の加護』の、相反する二つの特性を持っていたからだという。

一つ目の理由については、元々世界一だった俺の爺さん、宗次朗を倒せるようになったことで、俺が最強になったとのこと。小鳥遊の家は武術の世界で有名だったとはいえ、流石に爺さんが世界最強とまでは思っていなかったな。

二つ目の理由は、両方を持っているのがレアというのもあるが、俺が世界最強と言われるまでに強くなった理由の一端でもあるらしい。『呪い』のせいでトラブルに巻き込まれ、『加護』のおかげで死ぬことを回避する、そんな日々を過ごすことで、最強の肉体を手に入れることができたんだそうだ。

とにかく、『強い人間を自分の世界に招待したい』というシトによって、俺は異世界に招待されることになった。そして、全魔法適性MAXと『悪魔の呪い』の解除という二つの特典を貰い、異世界に降り立ったのだった。

……結局『呪い』の方は完全には解除しきれずに、トラブル体質なのは変わらなかったが。

それから俺はトラブルに巻き込まれるうち、猫耳獣人でDランク冒険者のミーナと行動をともにすることになり、男勝りなお姫様メアの護衛も兼ねて、三人でコノハ学園に通うことになった。そして、学園の召喚術の授業で『災厄の悪魔』と呼ばれる悪魔ノワールを召喚したり、街で買った『黒神竜の籠手』が進化して竜人ヘレナになったり、幽霊屋敷で闇の精霊王ココアを従えたりと、仲間を増やしながら異世界生活を楽しんでいるのだ。

そして今日の俺たちは、屋敷の地下にある広大なスペースで、午前中から修業を始めていた。

この修業は、いずれ魔族大陸へ行くために、ミーナをはじめとした仲間たちを鍛えるべく行っているものだ。

というのもつい先日、代替わりしたばかりの新魔王に、なぜか俺が勇者だと勘違いされてしまったからだ。

このまま何もしなかったら攻め込んでくるだろうし、丁度来週から学園の夏休みなので、俺は同行を希望した仲間とともに、敵の本拠地である魔城に乗り込む計画を立てた。ただ、今のミーナとメアの実力では、新魔王と対峙するのは危険なため、俺が直々に体術の訓練を行うことになった、というわけである。

「さて、今日は『虚実』を教える」

今日の修業のメンバーは、ミーナにメア、そして俺が勇者だと勘違いされる原因を作った、魔族で元魔王の側近のフィーナ。そしてその三人に、俺と戦いたいと言って、昨日わざわざ屋敷まで押しかけてきた学園の先輩、アルニアを加えた四人だ。

ウォーミングアップがてらに手合わせをした感じ、アルニアの剣術は他の三人よりは秀でているのだが、力と速さに任せた単調な剣で、強みがない印象だ。彼女は魔法適性がないらしく、そのせいでただでさえ戦法に幅を持たせるのが難しいのに、剣術までもが単調になってしまっている。このまま訓練を積んでいっても、近い内に行き詰まるのは目に見えていた。

なので、メアたちとともに『虚実』の技を教えることにしたのだ。

本当は他の技も教えたいところだが、こっちを覚えてからでいいだろう。

「何よ、虚実って？」

怪訝な顔で言うフィーナ。

「ないものとあるもの……嘘と真を混ぜた攻撃だ。まぁ、やってみればわかる」

「やるって……誰があんたとやるのよ？」

私は嫌よとでも言うように、フィーナが一歩後ろに下がる。フィーナだけでなくメアとミーナも沈黙していたが、すぐにアルニアが名乗りを上げた。

「面白そうだから僕が相手になるよ」

「そっか。まぁ、誰も名乗りを上げなかったらお前にしようと思ってたから丁度よかったよ」

「そうなのかい？」

俺の言葉に不思議そうにしつつも、ストレッチをしながら、すでにやる気満々のアルニア。

「当たり前だろ。あんだけ戦いたい戦いたい言って家に押しかけてきたのに、こういう時だけやりたくないなんて言わせねえからな」

「それもそうだね。それじゃ、早速行くよっ！」

アルニアは気合を入れた返事と共に斬りかかってきた。

同時に俺も走り出す。振り下ろされた剣を避け、アルニアの顔に向かってゆっくりと殴りかかった。

アルニアでも見える程度に速度を抑えた拳だったので、彼女は当然、剣で防ごうとする。

振ったばかりの剣をすぐに防御に回せる反応の速さは流石だな。

しかし俺は激突の直前、拳を止める。そして瞬時にもう片方の手をアルニアの顎に下から添え、衝撃を与えた。

「カハッ⁉」

失速せずに突っ込んできていたアルニアは、その速度分のダメージを食らい、回転しつつ俺の後ろへと飛んでいった。

しばらくしてフラフラと立ち上がりながら、困惑した表情を浮かべるアルニア。

「な、何が――」

「何が起きたかわからなかっただろ？」

アルニアの言葉を遮って、ちょっと得意気に言ってみる。

「ただ馬鹿正直に攻撃を当てようとするんじゃない。相手が予想しているであろう攻撃を囮として放って誘い込み、その隙に別の攻撃を仕掛ける、それが虚実というものだ。特に実力が拮抗してる相手、もしくはそれ以上の相手に有効だな」

そう言って教えてやると、全員が感心したような反応を示した。

どうもこいつらを見ている限り、この世界の戦闘は魔法魔術やスキルに頼ってばかりで、格闘に関する高等技術がないように思える。

ミランダの時だってそうだった。剣を使った受け流しができるくらいで、あとはスキルによるゴリ押しで、差を埋めようとしていた。

だからいざ実践練習をさせてみても全員戸惑っていて、数時間経っても子供が拳を握り始めたようなぎこちない動きしかできていなかった。

虚実を使えるのと使えないのとでは、戦い方が大きく変わってくるからな、そこは少しずつ覚えてもらうしかない。

そんなこんなで時間が経ち、今日の修業を終えた。

今日はただ技術を覚えてもらっただけなので、昨日のように疲れ果てて屍のようになっている奴は誰もいなかった。

「さて、今日の分の修業も終わったし、久しぶりに買い物にでも行こうかね」

俺がポツリと零した『買い物』という言葉に、ミーナが尻尾を立て、鼻息を荒くして目を輝かせる。

「買い物？　武器屋？　防具屋？」

今使ってるので十分なはずなのにこの食い付きよう……こいつはコレクターか何かか？

「そっちもいいけど、とりあえず食料調達だな。学園長から許可を貰って寮から分けてもらってた食料も、そろそろなくなりそうだし」

「ん、付いてく」

ワクワクした目のままそう言うミーナ。完全に武器防具を見に行く気だ……子供かよ。

「……わかった。街に着いたら別行動でもいいからな？」

「了解」

「冒険者になった時に使う武器防具を見たいから、俺も付いていっていいか？」

俺たちの会話にメアが入ってくる。

「気が早くないか？　冒険者になれるかもわからないし、なれるとしてもまだまだ先だろう」

「見に行くだけだからいいんだよ」

そう言って目をキラキラさせる子供がもう一人ここにいた。まぁ、どちらにしろ王様からメアの護衛を頼まれてる以上、メアと離れすぎるのはよくないしな。

街までは一緒に行くとして、ミーナとメアが武器を見ている間の二人の護衛は、ヘレナに任せれば大丈夫……か？

フィーナが言うにはヘレナもかなり強いらしいが、俺は実際に見てないからわからないんだよな。

ただ、メアがじっと見つめてくるので、多少の不安感が拭えないまま頷いてしまった。

「まぁ、いいか。アルニアはどうする？」

「僕はこのまま帰るよ。寮に何も言わずに一晩泊まっちゃったから、寮母さんも心配してると思うし」

苦笑いで答えるアルニア。

「わかった。フィーナ……は留守番だな」

「言われなくてもわかってるわよ」

口を尖らせていじけるフィーナ。ヘレナがコイツと遭遇した時、魔族だからとチンピラに絡まれてたそうだから、余計な騒動を避けるためにも留守番してもらったほうがいいだろう。

しょうがない、帰りに美味いもんでも買ってきてやるか。

ノワールには食材探しの手伝いで付いてきてもらうとして、街に行くメンバーは五人で決定だな。

……そういえばココアを朝から見てないが、どこ行ったんだ？

「なぁ、そういえばココア――」

「「ッ！」」

ココアの名前を出した瞬間に、メアとミーナの体がビクッと大きく跳ねた。何だ？

もう一度二人の反応を確かめるため、ココアの名前を出す。

「ココア」

再び体が跳ねる二人。その顔からは大量の汗が噴き出し、明らかにココアに怯えている様子だった。

「どうしたんだ、お前ら？」

「……あの人、なら一回故郷に帰るって言ってたぞ？」

メアの言葉に、ミーナも小刻みに震えながら頷く。

ココアの奴、こいつらに何したんだ？

魔王の使う精神干渉に耐性をつけるために、ココアが二人を鍛えるって話だったんだが、やり過ぎたんじゃないだろうな？

俺は不安を抱えながら地上に戻り、準備を整えてから屋敷を出るのだった。

隣街クルトゥの入り口に到着した俺たちは、俺とノワール、メアとミーナとヘレナのグループに別れて行動を開始した。

街を眺めながら、使えそうな食材がないか探して歩く。

「しかし……この世界の食べ物って、見慣れたものもあれば初めて見るものも多いな」

通りに並ぶ出店に並んでいるものを見て思ったことを、ふと呟いた。

「そうでしたか。ちなみにアヤト様は、何か食べたいメニューはありますか？」

ノワールが嬉しそうな笑みを浮かべてそう言う。

「うーん、そうだな、一応肉料理が……ていうかノワールって、食事を必要としないって言った割には結構料理するのな？　うまいし」

「必要がないというだけで、味覚や食欲自体はありますので。それに少し前に、アヤト様に喜んでいただくために、その手の書本を読み漁りましたし、ある程度のものはご要望に沿えると思います」

クフフと自慢気に答えるノワール。

ありがたいね、しかも料理だけじゃなく、掃除や洗濯までやってくれちゃってるし。

それってもはや執事っていうより家政婦じゃね？　とか、女子力の高い男悪魔ってどうよ？　と思うけど、やってくれるのはありがたいので何も言わないでおく。

それからしばらく買い物を続けながら歩いていたのだが、ふとした拍子に目を向けた、人目につかない路地裏の奥に、白と赤の縦じま模様で彩られたテントを見つけた。

そして同時に、風でテントの端がめくれ、隙間から中の様子が少しだけ見えた。

「あれは……」

俺が小さく呟くと、ノワールも俺の視線の先に目を向ける。

「あれ、とおっしゃいますと……あの妙に派手なデザインをした、布の建物……たしかテントといいましたか、あれのことですか？」

「ああ、少し気になるものが見えた」

ノワールは「ふむ」と呟いて軽く考え込む様子を見せ、言葉を続けた。

「色々と混ざったこの臭い……おそらくあそこは、奴隷商でしょう」

ノワールの答えに、俺は思わず溜息を零してしまう。

奴隷となれば、人間としての権利が剥奪され、道具のように扱われてしまう。そんな奴隷を売買する連中の店、か。

そういえば初めて会った時、ミーナは人攫いに襲われて、奴隷商に売られかけてたんだっけ。

「目障りでしたら、今すぐにでもあのテントごと吹き飛ばしますが？」

ノワールが手の指をパキパキ鳴らしながら言う。奴隷商より物騒な奴が俺の隣にいた。

「ああいう奴らはどんなに暴力で脅そうともゴキブリみたいに湧いてくるから、一つ二つ潰したとこで意味がない。それにあそこが奴隷商だって確信もないまま、そんなことを白昼堂々やったら、俺たちが悪者になっちまうよ」

「それもそうですね」

俺の言葉に、ノワールは納得した様子を見せる。

「だけど気になりはする。一応中を見させてもらおう。それで気に入らなければ――」

俺とノワールは悪い笑みを浮かべ、奴隷商のテントへ歩き始めた。

近付きながら改めて思ったが、赤と白のストライプ模様のせいか、まるでサーカスでもしていそうな雰囲気だな。

テントに近付くと、出入口のところに『閉展』の札がかけられているのに気付いた。丁度そこに、いかにもサーカスっぽい道化の衣装を着て丸メガネをかけた、太っている男が出てくる。

その男はニヤリといやらしく笑い、金歯を見せつけてきた。

「これはこれは！『ルーカスサーカス団』へようこそ！　ただいま休業中ですが……どうかなされましたか？」

どうやら、サーカス団ということで誤魔化しているらしい。まぁ、この男の風貌を見れば確かに疑う奴は少ないだろう。

「へぇ、表向きはサーカスをしているのか？」

俺の言った「表向きは」という言葉に反応を示す男。

「……何のことでございましょう？」

その笑みに警戒の色が見え始めた。

「あんたら、奴隷を扱ってるんだろう？　見せてもらおうかと思ってな」

「ヒヒッ、そちらのお客様でしたか！　ですが今はほとんど品切れでして……余りものでよろしければ」

俺の言葉に雰囲気がまた変わり、さっきよりも上機嫌な態度になる男。やはり奴隷商売が本業のようだ。

「構わない」

「はい。では、こちらへ」

男に誘われ、俺とノワールは、裏路地にあるもう一つのテントの中へと入っていった。

第2話　売れ残り

そして今、笑みを絶やさず維持し続ける男にテントの奥に案内され、ボロ服に包まれた二人の少女を紹介された——というわけだ。

どちらも逃げられないように、鉄球の付いた足枷と手錠がされている。

髪が足を隠すほどに長く、体中が汚れているのを見るに、あまり清潔には管理されていないようだ。

いかにも奴隷という扱いだな。

そんな二人の容姿は、髪と肌の色以外にも特徴が多かった。

どちらの少女も、それぞれ左右の色が違う瞳、いわゆるオッドアイを持っていたのだ。

燃えるように赤く輝く髪に赤い肌の少女の方は、額から親指程度の大きさの一本の角が生えていることから、亜人だと判断できる。彼女は右の瞳が緑色に、左の瞳が赤色になっていた。

透き通った水のように綺麗な水色の髪に青い肌の魔族の少女の方は、右側頭部に黒い小さな角が生えている。こちらは赤い方の少女とは対照的に、右目が赤、左目が緑になっていた。

俺にまじまじと見られて恐ろしく感じたのか、二人とも震えている。

「ご存知とは思いますが、こやつらの持つオッドアイは不吉の象徴と言われておりまして、それが余ってしまった理由でございます」

不吉……この世界ではオッドアイにそういう意味があるのか。

いやー、呪いのことといいオッドアイのことといい、本当に不幸や不吉に縁があるな、俺は！

それにしても……

「ずいぶん似てるが……双子か？」

「いいえ、二人共それぞれ、純粋な鬼族の亜人と魔族でございます。この者たちは別々に引き取ったので、オッドアイなのは偶然となります」

不吉の象徴が集まるなんて、ここの奴らも中々不運じゃないか？　親近感がわきそうだ。

それで、と奴隷商人が言葉を続ける。

「なにぶん時期が時期でして、この二人以外に商品がなく、新商品の入荷予定は数日先になっています。今ご購入されるのでしたら、このような粗悪品になってしまいますが……」

少女二人に対しての「粗悪品」という言葉に思わずイラついてしまうが、ここは我慢しておとなしく客として振る舞う。

「構わない、この二人を買おう」

「おお！　お買い上げありがとうございます！　それでは特別に通常価格より値下げさせてもらい、一人銀貨五十枚、二人で金貨一枚をいただきます」

ポケットから金貨一枚を取り出して渡すと、男が変な笑い声を上げて喜ぶ。

「おっほほぅ！　金貨を迷いなく懐からお出しになるとは……では今から奴隷の証として焼印を入れ、首輪をつけてまいりますので、少々お待ちください」

　男はそう言って立ち上がり、部屋の奥に行こうとする。

　焼印？　肌に直接焼いて刻むあれのことか？　それはマズい。

「それはナシにしてもらえるか？」

　部屋を出る直前にそう言われて振り返った男は、変なものでも見るような目で俺の顔を凝視する。

「焼印には奴隷として言うことを聞かせるための魔法がこめられているので、それがなければ命令に従わない者になってしまいますよ？」

　なるほど、そんな厄介な魔法があるのか。だったらなおさらだな。

「構わないさ、その方がいい」

「では首輪も？」

「ああ、要らない」

「ヒヒッ、旦那様は相当いいご趣味をお持ちのようですね……かしこまりました、ではそのように」

　何か勘違いしているのか、男は意味深な笑みを浮かべた後、少女二人の手錠と足枷を外した。

　特に書類を書く必要もないとのことだったので、俺たちはそのまま奴隷少女たちを連れてさっさとテントを出た。

短時間しかいなかったが、外の空気が美味く感じられる。俺は思いっ切り息を吸いながら、背伸びをした。

「さて、これで心置きなくやれるな」

あの商人曰く、今いる奴隷はこの二人だけとのことだから、テントの中にいるのは奴隷商の連中だけだろう。

つまり、罪のない者を巻き込む心配はないということだ。

「アヤト様が手を下すまでもないでしょう。ここは私にお任せを」

俺の言葉に応じたノワールの右手に、黒い炎が灯る。完全に吹き飛ばす気満々である。

「いいよ、ちょっと試したい技があるから。少し下がっててくれ」

ノワールは一礼して、少女二人と一緒に数歩下がる。

それを確認した俺は、テントに手をかざし、短く詠唱した。

するとじわじわとわき上がる感情とともに、俺の体から黒いものが溢れ始め、テントを一瞬で包み込む。

「「ッ！」」

「これ、は……」

その異様な光景を見た少女たちは目を見開いて言葉を失い、ノワールは小さく言葉を零す。

そして黒いものが消える頃には、まるで最初から何もなかったかのように、目の前にあった巨大なテントが跡形もなく綺麗に消失していたのだった。

☆★☆★

奴隷を入れるための檻が大量に並べられた、薄暗い部屋。空になったそれらの前で、金歯を見せ付けるかのように笑みを浮かべる男が一人佇んでいた。

「ヒッヒッヒ、馬鹿な男だ……本来銀貨五枚の価値もない売れ残りを、言い値で買っていきやがった！　しかもその上、焼印も首輪もなしときた。上手くすれば、あの優男に荒くれどもをけしかけてガキ共をもう一回捕まえれば――何だ？」

どこからかカサカサという音が聞こえ、男の笑いが止まる。

その音は徐々に大きくなり、確実に自分に近付いてきていた。

「な、何だ……これは一体何の音だ⁉　おい、誰かいないのか！」

男は、先程アヤトたちと商談していた際に入ろうとしていた奥の部屋に駆け込む。

しかしその内部の光景を見た瞬間、小さな悲鳴を上げて腰を抜かしてしまった。

部屋一面、床だけでなく壁にまで黒い蟲がビッシリと張り付いており、床には人間のものと思われる骨がいくつも散らばっていたからだ。

唯一、部屋の奥で布を振り回して蟲を寄せ付けないようにしていた従業員が、男が入ってきたのに気付いて、駆け寄ってくる。しかし――

「たすっ、助けてっ！　変な蟲がみんなを……みんなをっ⁉　嫌だ、死にたくな――」

その従業員も黒い蟲たちに包まれ、間もなく肉の無い骨だけとなった。

あまりの惨状に、奴隷商人の思考が止まる。しかし身体はしっかりと恐怖を感じているのか、全身からは冷や汗が噴き出し、股間を生暖かいものが濡らしていた。

おもわず身じろぎしたところで足にコツンと何かが当たった奴隷商人が、そちらに視線を向ける。

そこにあったのは、人間の頭蓋骨だった。

「ヒ、ヒイイイ⁉」

男が我に返って大きな悲鳴を上げると、蟲たちが一斉に動きを止める。

そして一瞬の静寂ののち、男の方に向かって走り出した。

「や、やめ……やめろ、来るな！　嫌だぁぁぁ！」

抵抗むなしく、男はあっという間に蟲たちに包まれ、すぐに動かなくなった。

布、木、鉄、石、そして人に、その骨までも。黒い蟲たちはそこにある物全てを喰らい尽くした――

☆★☆★

「さて、今の魔術には何て名前を付けようかな？」

内側から黒い蟲たちに喰い尽くされて、更地となったテント跡地を見つめながら呟く。

全てを喰い尽くした蟲たちは、黒い霧となって俺の体へ吸い込まれるように消えていった。

「アヤト様……今のは魔術、なのですか？」

どこか呆然とした様子のノワールが問いかけてくる。

「ん？　魔術ではあると思うぞ？　闇と土の魔法を組み合わせて出したんだし。ただちょっと違和感はあったな……」

違和感、それを具体的な言葉で説明するのは難しいのだが、奴隷商人への怒りが魔術に取り込まれたような印象だった……まるで俺の感情と魔力が混ざったかのように。

いや、「混ざった」という表現が正しいかはわからない。どちらかというと……そう、「感情が魔力に食われた」という方がしっくりくる。

「違和感ですか……クフフフフ、きっと今のそれは、あなた様だからこそ為せる業なのでしょう。私も似たような魔術は出せますが、こうもおぞましくはなりませんので……ああ、失礼、言葉が過ぎました」

ノワールが何もなくなった場所を見つめて言うが、そこまでおぞましいかね、あの魔術。

そんなことを思いながらノワールの後ろにいた少女二人の方に目を向けると、幽霊でも見たかのような怯え方をしていた。怖がらせてしまったか。

「ご主人様……自分たちを食べちゃうの？」

「た、食べても美味しくないのです！　お腹壊すのです⁉」

魔族の子は小刻みに震え、亜人の子は凄い勢いで首を横に振っていた。完全に化け物扱いである。

「貴様ら、不敬だぞ。これから仕える主人に向かって」

「ひっ⁉」

その二人の態度に、ノワールが軽く威圧してしまう。相手は子供なんだからそう脅すなよ。

「子供相手に威圧するな、ノワール……お前らも怖がらなくていい。別に取って食ったりなんかしないから」

俺の言葉を聞いて、ホッとする少女たち。

「ごめんなさいなの……」

「です」

少女たちはぺこりと頭を下げ謝罪をしてくれた。

ちゃんと礼儀正しいんだな、奴隷だから躾けられたのか？　亜人の子の方はずいぶん省略したが。

「お前らの名前は？」

俺の質問に二人は顔を見合わせて首を傾げる。何か変なこと言ったか、俺？

そして再び俺の方に顔を向け、口を開いた。

「ナンバー53、魔族なの」

「ナンバー68、鬼です」

少女たちは当たり前のようにそう答えた。ナンバー？

「あー……俺が知りたいのは名前なんだが？」

すると少女たちは困ったような笑みを浮かべる。

「奴隷に名前なんて豪華なものはないの」

「数字が名前なのです」

幼い見た目と相反して、悟ったように達観した物言いをする二人。

その顔に浮かんでいるものは、決して子供がしていい表情ではなかった。

「奴隷になる前の名前も？」

魔族の少女が首を横に振る。

「左右の目の色が違う自分たちは『イミゴ』なの。産まれた時から嫌われ者なの」

イミゴ……ああ、忌み子か。そういえばさっきの奴隷商人も不吉の象徴とかなんとか言ってたが、そういうことか。

親に厄介払いで売り飛ばされた、と……クソったれが！

とりあえず、やり場のない怒りを抑えるために大きく深呼吸する。

「……よし。それじゃあ、俺がお前たちの名前を付けてやる」

そう告げると、二人して大きく目を見開いて驚く様子を見せた。

「本当なの⁉」

「凄く嬉しいです！」

二人は手を合わせて、ウサギのようにピョンピョン跳ねて喜んだ。

非常に愛らしい、というのと同時に、名前を付けるってだけでこうも喜ばれると、目から溢れ出そうなものが……

とりあえず二人を落ち着かせ、どんな名前にするか考える。

魔族っ子の方は、肌の色が青というよりは水色っぽく、なんだか瑞々しい感じだな。

鬼っ子の方は、目の色が魔族っ子と逆になっている。だったら……

「よし、魔族のお前はウル、鬼のお前はルウだ」

「「……」」

そう名前を告げられると、少女たちは俯いて黙り込んでしまった。

その反応に一瞬、気に入ってもらえなかったのかと思ったが、次の瞬間には杞憂だとわかった。

「「やったぁぁぁっ！」」

少女たちが突然顔を上げると、両手の拳を天高く突き出し、雄叫びのような大きな声を出したからだ。二人の目は、爛々と輝いていた。

「可愛い名前を貰っちゃったの！」

「自分もです！　ルウって、凄く可愛いです！　ありがとうです、ご主人様！」

ウルとルウがガシッと俺の足にしがみ付いてくる。

大袈裟なリアクションだなとは思ったが、喜んでもらえているので悪い気はしなかった。

ウルとルウがひとしきり喜んで、ようやく落ち着いたのを見計らって、これからどう行動するかを考える。

「さて、あとは残りの買い物を終わらせて、ミーナたちと合流するか……」

「あの、アヤト様？　今少しよろしいですか？」

まだ買っていないものがないか思い出そうと呟いていると、突然上から声がした。

見上げれば、そこには見覚えのある褐色肌の女――ココアが宙に浮いていた。

「どうしたんだ、急に？　メアから、お前は故郷に帰ってるって聞いたけど？」

いきなり現れたココアに驚き、問いただす。

そもそも、俺とココアは念話を使って意思の疎通ができるから、わざわざ姿を見せる必要はないはずだ。

それでも俺の所に来たってことは、何か特別な用事でもあるんだろうか。

「はい、そうなのですが、実はアヤト様に少々相談がありまして……アヤト様に会いたいという者がいるので、よろしければ付いてきていただきたいのです」

ココアは困ったような笑みを浮かべてそう言った。

「付いてきてほしいって……今からか？」

「はい……」

申し訳無さそうにしているココア。多分だが、俺を連れてこいと、故郷の誰かにしつこく言われたんだろう。

そんなココアの姿を見ていると、断りにくくなってしまった。

まあ、残りの買い物はあとちょっとだし、その後もミーナたちと合流して帰るだけだから、ココアに付いていってもいいか。

そうと決めた俺は、ノワールに残りの買い物のメモを渡し、ついでにウルたちの服代も渡して適当に買ってやるように言う。ウルとルウには、ノワールの言うことをしっかり聞くように言い含めた。

そして武器と防具を見に行っているミーナとメア、ヘレナと合流したら先に帰っていいと伝えると、ノワールは恭しく頭を下げ、ウルとルウをつれて大通りへと向かっていった。

ノワールたちがその場を去ったところで、俺はココアに問いかける。

「それで、付いてきてほしいってことは、向かうのはお前の故郷か？」

ココアは無言で頷いて、突然両手を前に突き出したかと思うと、そのまま腕を横に広げる動作を取る。

するとココアの前の空間が裂け始め、人一人が通れるくらいの黒い穴のようなものが出来上がった。　空間魔術か？

「さ、アヤト様、こちらへ」

ココアが裂け目の中へ先に入り、俺も導かれるままに続く。俺が中に入ったところで、黒い穴は自動で閉じていった。

第3話　精霊王

穴の中は、一面草原が広がっており、そしてその奥には異様な光景があった。

溶岩が噴き出し続ける火山、高い波が荒れ狂う海原、鬱蒼と木々が生い茂った森林、雷が止まず降り続ける荒地。そして辺りを照らすように光り輝く神殿と、全てを呑み込んでしまいそうなほどに暗い闇の中にひっそりと立っている廃屋敷。

普通であれば互いに打ち消し合って存在できないはずの現象が、隣り合い、重なり合って存在している。

そのありえない光景を前にした俺は、流石に呆気に取られてしまった。

「これは……凄まじいな。魔法の属性が全て集まったみたいな……」

「正解ですわ、アヤト様。ここは私たち精霊の故郷、精霊界。あらゆる属性の精霊が共存する世界です」

あまりにも現実離れした光景が違和感なく存在しているせいで、今まで自分が持っていた常識が間違っていたのではないかと錯覚してしまいそうになる。

「ほう、その者が貴女の主人か、闇の王よ」

見たことのない景色に感動していると、突然背後から野太いおっさんの声が聞こえた。シトとはまた違った、人間ではない気配。

俺はその声に振り返ろうとしたが、後ろから伸びてきた褐色の手が俺の両目を覆い隠し、振り向かせまいとしてきた。

「なん？」

優しく包み込んでくるその手に思わず変な声を出してしまったが、褐色が見えていたの

で、手の主がココアだとすぐにわかった。

「すみません。少し我慢していてください、アヤト様……ええ、この方が私のご主人ですよ、光の王」

なるほど、このおっさん声の持ち主が光の精霊王か。

しかし、なぜココアは俺の目を覆い隠してるんだ？

「何故その者にこっちを向かせんのだ？　それでは顔が見えんではないか」

「そうだぞ、ココア。俺だって相手の顔を見て話がしたいんだから」

何かの冗談かと思った俺は、ココアの手を振り払い、背後を振り向く。

「あ、いけません――」

再び制止しようとココアが手を伸ばしてくるが、それは届かず――

「アーッ!?　メガァァァァ!?」

強烈な光を正面から食らってしまった俺は、目を押さえて地面を転げ回ることになった。

「すまん、まさかそうなるとは……」

申し訳無さそうなおっさんの声が聞こえるが、むしろこれだけ強い光を直視してこうならない生物がいたら俺は見てみたい。

「当たり前です！　少し考えればわかることでしょう!?　理解しましたら、さっさとその目を潰すほどのやかましい光を抑えてください！　いくら私の主人でも、そんな光を直視すれば失明してしまいますわ……！」

「お、おう、そうだな」

瞼越しでもわかるほどに眩しかった光が、徐々に収まっていく。

手をどかしてゆっくりと目を開けると、ボヤけた視界が元に戻っていった。

視界が完全に回復したところで、身長が三メートルはあるであろう、筋肉まみれのおっさんが立っているのが目に入る。

立派な白ひげをなぞりながらニヤニヤしながら見てくるこいつが、さっきの強烈な光を発していた犯人――光の王だとすぐにわかった。

「まったく……少しは反省してください。じゃないと潰しますわよ？　物理的に」

女性に恐ろしい形相で「潰す」と言われると、男性としての危機を感じるのは俺だけじゃないはずだろう。精霊に『ある』かどうかは別として。

しかしそんなココアの様子はいつものことなのか、光の王は豪快に笑って流した。

「ワッハッハッハ、それは勘弁してくれ！　それで人の子よ。ア……アルトと言ったかな？」

おいおい、ベルといいこのおっさんといい、どいつもこいつも人の名前を間違え過ぎだろ。たった三文字だぞ？

「アヤト様です！」

今度は頬を膨らませて、俺の腕に絡み付きながら怒るココア。こういう怒り方なら可愛いんだけどな……

そんなココアを一瞥してから、光の王は俺の顔を真っ直ぐに見つめながら問いかけてきた。

「ああ、そうだったな。ではアヤトよ、おまえさんはその力をどう使う？」

あまりにも唐突過ぎる質問に、「その力」というのがどの力を指しているのかわからず、思わず聞き返す。

「どの力のことを言ってるんだ？　色々心当たりがあるんだが」

「だろうな……今わしが言っているのは、お前さんに宿っている、異常なまでに高い魔法適性のことだ。それは元々お前さん自身のものではなく、誰かから与えられたものだな？　しかも与えられたのも、ごく最近のようだ」

まるで全てを見透かしているかのような口調で、そう言われた。

「ああ。俺のこの魔法適性は、シトから貰ったもんだ」

ここで誤魔化してもしょうがないので、素直に真実を話す。

「ほう、シト様から貰ったとな！　ということは、お前さんは異界の者か？」

おっさんは興味深そうにほうほうと呟きながら、俺を品定めするかのように眺めてきた。

「なんでそういう結論になる？　シトに会ったことのある人間なんて、この世界の連中にだっているだろう？　それに、そいつらがシトから特別な力を貰った可能性だってあるじゃないか」

俺は少なくとも一人、シトの知り合いを知っている。この国の国王、ルークさんだ。まあ、あの人にはそんな力はないようだが……

「何、簡単なことだ。いつだったか、シト様本人が『もし他の世界から人を連れてこられた時は、その人に特別な力を特典としてあげたいな』なんて言っていたからな。それにこの世界の者に、そんなとんでもない力を渡すとも思えん」

シト、お前、そんなことを……誘った連中に断られ続けてるって言ってたけど、そこまで楽しみにしてたのか？

俺の隣では、ココアが頷いて納得していた。

「確かにアヤト様からは不思議な感じがしていましたが、異世界のお方だったのですね」

そういえば、俺が異世界人だって皆に教えた時には、ココアはいなかったな。

少し脱線してしまった話を元に戻して、光の王の質問に答える。

「そんで、この力をどう使うか……だったな？　だったら、俺の好きに使わせてもらう、ってのが俺の答えだな」

俺がそう告げると、おっさんはこちらを睨みつけるようにして目を細めた。

「ほう……ではその力を、他者から奪うために使うのか？」

「おいおい、そんなこと言ってないだろ？　俺は独裁者になるつもりも、誰かの上に立つつもりもない。便利なら使うってだけだよ……こういう答えで満足か？」

「ふぅむ……」

おっさんは俯いてしばらく唸った後、笑みを浮かべた顔を上げ、大きく息を吸う。

嫌な予感がした俺は、咄嗟に耳を塞いだ。

「うむ、ならば問題なしっ！」

おっさんは腕を組み、デカイ声を放った。

やはり予想通り、目の次は耳を潰しにきたか。

すると今度は横でココアが何かを溜めるような様子を見せて――

「えい」

「ウォォォォ!?」

可愛いらしいかけ声と共に黒い塊を放ち、光の王を遥か彼方へ飛ばした。あの巨体が吹き飛んでいくのは、中々に爽快だな。

しかし一方で、ココアは溜息を吐きながら申し訳無さそうな表情を浮かべていた。

「ふぅ……まったくあの者は、何度言えば学習するのかしら？　……申し訳ございません、アヤト様。こんなご迷惑をおかけしてしまうことになるなら、お連れしない方がよかったと、少し後悔しております」

「俺は別に気にしてないよ。むしろ珍しい場所に連れて来てもらえて嬉しいくらいだから」

そう言って俺が軽く微笑むと、ココアは顔を赤くして、バッとこちらから顔を背けてプルプルと震え出す。

「なん……うれ……」

何かを呟いているようだが、声が小さ過ぎてあまり聞き取れなかった。

「大丈夫か？」

「ええ、もう大丈夫でふ……」

大丈夫と言ってこちらに顔を戻したココアは、鼻血を出していた。大丈夫じゃない、大問題だ。

そんなココアが鼻血を拭いてるのを見て俺が呆れていると、色とりどりな無数の光の玉が、俺たちの周りに集まってきた。

そしてその中のいくつかが、それぞれ人間の子供と同じくらいの大きさと形に変わっていく。顔がのっぺりしているため、はっきり判別はできないが、なんとなく髪型と体型で性別は判断できた。

「人間だ！　珍しー」

赤い光はボーイッシュな感じの少女に。

「本当、珍し……」

青い光は髪の長い陰気な感じの少女に。

「この人が、闇の王が言ってたご主人様ー？」

緑の光は、半目でやる気のなさそうな表情を浮かべる少年になった。

そして他にも、茶色の光と黄色の光がそれぞれ、少年と少女の姿に変わっていった。

「みんな集まったわね。ええ、光の王にも言いましたけど、この方が私が仕えているアヤト様よ。そして私はこの方に、ココアという名をいただきました」

ココアが自慢するように言うと、集まってきた五人が「おぉ～」と拍手をした。

「ココア、こいつらも精霊か？」

もしやと思い、俺はココアにそう確認する。

「はい、そうです。左から順に火、水、風、土、雷の精霊王たちですわ」

ココアに紹介された精霊王たちが俺の周りに群がり、顔や体をペチペチと触り始めた。

全属性の王様が一挙に集まってきたのか。

「人間の腕、ムキムキだね」

「体ゴツゴツ……」

「面白い顔ッスね！」

黄色の発光体に言われてしまった。子供のような無邪気な発言で心を抉ってくる……実際には見た目と違って子供じゃないのかもしれないけど。

「もう、あなたたち失礼ですよ？」

そう言って、ココアが拗ねるように頬を膨らませていた。

なんか、失礼なことを言ったこいつらを叱っているというより、羨ましそうな表情を浮かべているように見えるのはなんでだろう？

「ワッハッハッハ！　もう他の者にも懐かれたか！」

そしていつの間にか、光の王が戻ってきていた。ダメージもなく、ピンピンな状態で。

「懐かれた、ね……元からずいぶん人懐っこそうだけど？」

「いやいや、我ら精霊種は本来、警戒心が強く、あまり他人を信用しなくてな。故にこうやって人前に姿を晒すようなことは、まずせんのよ」

そうなのか？　こいつら警戒心もクソもない気がするんだけど……っておい誰だ、顔殴ってきた奴！

「そんな精霊に懐かれやすい不思議体質のお前さんに、頼みがあるのだが」

懐かれやすいって……ん？　それってこのおっさんからも懐かれてるってこと？

そう思ったら鳥肌が立った。

「不思議体質言うな。んで、頼みって？」

自分の腕を擦りながら聞いてみる。

うむ、と頷きながらおっさんはその内容を口にした。

「我ら精霊王に、名を与えてほしいのじゃ」

……またかよ。

「まさかとは思うが、ココアに俺をここまで連れてこさせた理由がソレってことはないよな？」

俺の言葉に、おっさんは体をビクッと震わせた後、苦笑いしながら目を背ける。

「ははは、まさか……」

実にわかりやすい反応をしてくれるおっさん。俺がジト目で睨むと、さらに慌ててまくしたててくる。

「いやいや、お前さんのその力の使い方を聞き出すのが本当の目的だぞ？　嘘ではないぞ？　うん」

「よーし、それじゃあこっちを向いて、その言葉を俺の目を見て言ってもらおうか」

俺はそう言って目を見開き、おっさんの顔をガン見する。一瞬目が合うが、また目を逸らされた。

「いや、ちょ……勘弁してくれないか？」

「俺の、目を、見て、言え」

「……嫌だ。というか無理だ、そんな血走った目を見るのは！　ココアの魔術より闇が深そうじゃないか!?」

顔を背けながらこちらをチラ見しつつ、かなり失礼なことを言う光のおっさん。ココアと一緒に闇魔術を放ってやろうか……

話が進まないのでガン見するのをやめると、おっさんが咳払いして話を元に戻す。

「闇の王から、ココアという名を人間に貰ったという話を聞いた時、正直羨ましく思ってな。ほら、光の王や闇の王という呼び方は、名前というよりも称号や種族名に近いだろう？ それに今こうして話しておる我らが消えれば、他の精霊の者が王の名を受け継ぎ、我らが存在したという証が何一つ残せない。だから我々は、個としての名が欲しいのだ」

なるほど、おっさんの話は納得できるな。

と、そこで疑問が浮かぶ。

「消えるって、精霊に寿命があるのか？」

「いや、我らに寿命という概念はない。が、不滅でもない。誰かに存在を消されることもあれば、無理に力を使い過ぎて消滅した前例もある……そういえば、王の座に嫌気が差して逃げ出した者もいたな」

光の王は溜息を吐きながら、頭をボリボリと掻く。逃げ出す精霊って……大丈夫か、この精霊たちは？

「まぁ、名前くらい別にいいんだけど……」

「無論、タダでなどとケチなことは言わんぞ！」

何を勘違いしたのか、光の王がそう申し出てきた。いや、別に俺は見返りが欲しいわけじゃないんだが……

「ここにいる、名を与えてもらうことになる精霊王全て、お前さんと主従契約を結ぼう」

「ココアみたいにか？」

ココアと出会った時のことを思い出しながらそう聞くと、光の王は頷いた。

「そうだ。闇の王から聞いたが、休眠状態の繭からあやつを孵化させただろう？　それぞれの王に、その時と同等の魔力量を注ぎ名を与えることで、契約ができるのだ。それを六人分となると、相当な量の魔力が必要となるのだが……見たところ、全員と契約を結んでも有り余るくらいの魔力があるようだから安心しろ。しかしお前さんの魔力は強大過ぎて、並の者には見えないな……なるほど、これなら多少体をいじられても問題ないというわけだな！」

……あ？

ペラペラと放たれる光の王の話の中に、聞き捨てならない言葉があったことで、俺は思わず眉をひそめる。

「いじられても、ってどういうことだ？」

「うん？　どういうも何も、魔法適性をそこまで変えられるのはお前さんの魔力量あってのことだ、ということじゃよ」

「俺の魔力って、魔力適性と一緒にシトから貰ったものだと思ってたけど……違うのか？」

「ああ、それはない。魔力というものは、己を鍛えてその上限を増やすならまだしも、無理に増やそうとして外から与えられれば、体が拒絶反応を起こす。そうなれば細胞が崩壊し、最悪死に繋がるからな」

死って……もともと魔力があってよかった、と喜ぶべきなのか？

とにかく、名前を与えてデメリットになることはなさそうだし、せっかくの機会だから契約することにするか。もともと名前をつけてもいいかとは思ってたしな。

「なるほど、契約のことはわかったよ。特に断る理由もないし、名前をつけてやる」

俺がそう言うと、光の王は嬉しそうに顔を輝かせる。

「そうだな……とりあえず、名前を付けやすいように性格とか把握したいから、自己紹介的なのをしてくれ。光の王のは大体わかったから、他の奴も頼む」

「そうですか、それでしたらまず――」

ココアが誰かを指名しようとすると、赤い少女が真っ先に手を挙げて主張した。

「はいはいはい！　あたしあたしあたしー！」

元気良く名乗りを上げたそいつは、激しく動き始めた。

「体を燃やし、魂を燃やし、全てを燃やし尽くす！　火の精霊王！」

火の王が決めポーズをすると、次に青い少女が割り込んできた。

え、何？　何しようとしてるの？

「本を好み……静寂を好み……海を好む水の精霊王。ふぁ……」

ゆったりとした言動の後に、あくびをしながら決めポーズ。

「風が僕を呼びー、空が僕を呼ぶー。呼ばれてもないのに参上、風の精霊王ー」

今度は緑の少年が、ゆっくりと棒読み気味に口上を読み上げ、その口調とは正反対にキレのある動きで決めポーズをした。

そして最後に、茶色の少年と黄色い少女が交互に喋り出す。

「岩を砕き、山をも砕く――」

「空を裂き、地をも裂くッス！」

「二人で一人、土の精霊王と――」

「雷の精霊王ッス！」

そして五人のポーズがいい感じに重なり合う。

「「我ら精霊少女五人衆、見！　参！」」

そんな彼らの後ろで爆発が起き、かつて戦隊モノの番組でよく見た、色付きの煙が上がる。

何気に少年二人が『少女』としてまとめられてるのが何とも……

　ふと、こいつらの奇妙な行動は、ココアと光の王も把握しているネタなのかと思い、そちらへ視線を移してみる。だが、二人共呆れている様子だった。

「よく陰でコソコソしてると思ったら、そんなことをしとったのか？」

「貴方たち……」

　二人共、こいつらが決めポーズの練習をしていたことを知らなかったらしい。

「あれ……失敗ッスか？」

　不安そうに他の奴らの顔色を窺う、後輩っぽい喋り方をする黄色。

「けっこう会心の出来だったと思うよ？」

　首を傾げて適当に答える茶色。

「私の気合……足りなかった？」

　気合もやる気も、生きる気力すら足りなさそうな青色。

「いやいやー、それ言ったら僕もやる気ゼロだったよー？」

　口調以外やる気満々にしか見えない緑色。

「あたしたちは精一杯やった！　それでいいじゃないか！」

　部活仲間を励ますようなノリの、ムードメーカーっぽい赤色。

　それぞれ個性のある奴らが、こちらを気にもせずにあーだこーだと盛り上がっていた。

　そんな奴等を見ていたら、なんとなくイメージが固まってきた。

「そうだな……とりあえず名前は決まった」

俺がそう言うと、全員がこっちを向く。

特に赤色と茶色が、期待に目を輝かせて見てきていた。

なんだか、こうも注目されると少し緊張(きんちょう)してしまうな。

「火の精霊王アルズ。水の精霊王ルマ。風の精霊王キース。土の精霊王オド。雷の精霊王シリラ。そして光の精霊王オルドラ」

俺が一息に名前を挙げていくと、元々うっすらと光っていたココア以外の全員の体が、さらに発光を始めた。

同時に、何かが体から抜けるような倦怠感(けんたいかん)にも襲われた。ココアの時以上の感覚だから、魔力がごっそり持っていかれたということだろう。

そして何より眩しい。六人同時となると流石に光が強過ぎて、また目が潰れるかと思えるほどだった。

とにかく目を閉じて腕で顔を覆って眩しさをやりすごして、光が収まった頃に再び目を開くと、ココアを含めた精霊王七人全員が、目の前に跪(ひざまず)いていた。

おっさんは元々目鼻立ちがしっかりしていたからかあまり変化がないが、他の奴らはシルエットや顔がはっきり見えるようになり、肌色がそのままの色をしている以外はほとんど人間そのものになっていた。

アルズはショートの赤髪に少年のような顔立ち、ルマは本人の背丈よりも長くもっさりとした水色の髪に半目、キースも同じく半目だが前髪だけが長いショートの緑髪で片目が隠れていた。オドは茶髪のオールバック、シリラは軽く発光してるようにも見える白髪で、ルマ同様に自身の背丈より髪を長くしていた。

そいつらがまるで、騎士が王様に誓いを立てる時のように跪き、こちらに顔を向けていた。

「「「「「我ら精霊王一同、御身の剣となり、盾となる事をここに誓う」」」」」

精霊王たちが一斉にそう宣言したその時、右手の甲がほんのり熱くなるような違和感を覚えた。

手の甲を確認すると、六芒星のような紋章が浮かび上がっていた。

「これは？」

俺が零した疑問の呟きに、ココアが覗き込んで答えてくれる。

「私たちも初めて見ましたが……おそらく精霊王全員と契約した証でしょう。精霊王全員との契約など前例がありませんから」

するとオルドラも、ニヤニヤしながら近くに寄ってきた。

「それで、我らと契約を結んだ感想はどうだ？」

「どうって？」

「嬉しいとか何かないのか？」

契約したこの時点で、何かが変わったという実感があるわけでもないのに、そんなことを聞かれてもわからない。

「というか確認してなかったんだが、契約して何か特典があるのか？　ああ、先に言っとくと、『特殊な力が使えるようになった』なんてのは要らんぞ。そういうのは、もう十分過ぎるほど貰ってるからな」

俺の言葉に、ココア以外の精霊王全員が同時に「え？」と声に出し驚いていた。

「あれだぞ？　使う魔法や魔術が、大幅に強化されるんだぞ？」

オルドラが『これでもか？』と言わんばかりに聞いてくる。

魔法魔術の強化？　ってまさかな……。

「俺がシトから特典を貰う時、魔法適性をＭＡＸにするって言われたんだぞ？　つまり限界まで上がってるって意味じゃないのか？」

「たしかに上限までは上がっている。しかしその上限値をさらに上げるのが、わしらとの契約だ。まぁ、簡単に言ってしまえば限界突破だな！　試しに簡単な魔法を撃ってみてくれ」

ドヤ顔のオルドラに言われるがまま、火の玉を撃ってみる。

以前に練習がてら撃った時は、サッカーボールくらいの大きさだったが、今回の火球は人間の子供一人を容易に包めるほどの大きさとなって、しかも凄まじい勢いで飛んでいってしまった。

……ふむ。

「どうだ？　全体的に威力が上がり、ただの生活に使用する魔法でさえ――」

「力の制御が面倒になっただけじゃねえかぁぁぁっ！」

オルドラの言葉を遮って、アイアンクローを極める。

ミシミシと音を立てて顔面が潰されていき、オルドラが悲鳴を上げた。

その様子がおかしかったのか、ココアが小さく笑う。

「フフフッ、面白いでしょう？　特別な力を手に入れたからといって、無駄に力を振り回すようなお子様ではありませんもの」

まるで自分のことのように、得意気に言うココア。それに対して、やっと俺から解放されたオルドラは、息を切らしながら唖然とした表情を浮かべていた。

「それじゃあ、わしらと契約を結んだ意味は……？」

「むしろ俺が問いたいくらいなんだが……まぁ、友人になった証くらいにでも思っとくよ。それでもいいだろ？」

オルドラは開いた口が塞がらないといった感じだが、新しく契約した他の五人は嬉しそうに話し合っていた。

「友人だってよ！　友達だってよ！」

アルズは腕をブンブン振って、嬉しそうにしていた。

「友達……えへへへへ」

ルマも両手を頬に当て、蕩けるような笑みを浮かべる。そのままスライムみたく溶けてしまいそうだった。

「人間の友達かー、百年しか生きられない人間と親しくなると後が辛いと思うけど、やっぱ嬉しいよねー？」

あまり表情の変化は見られないが、少し嬉しそうに口角が上がって見えるキース。

「そだね。寿命のことはともかく、友達が増えるのはいいことだよね」

うんうんと頷くオド。

「いやー、友達ッスか！　まさか主従関係覚悟で契約した不思議な人間さんと仲良くできるとは嬉しいッスね！　幸運ッス！」

幸運とは言いすぎだと思ったが、言葉通り、心の底から嬉しそうに喜んでくれるシリラ。

などと感想は様々で、ここまで喜んでもらえたことに、俺も嬉しさを感じていた。

☆★☆★

ココアとオルドラは、アヤトたちから少し離れ、彼らの様子を窺っていた。

アヤトが精霊王たちと戯れるその姿に、ココアは微笑みを浮かべ、オルドラもどこかほっとしたような表情を浮かべている。

「確かに、聞いていた通り面白い主人だな。契約を結んでも、上下関係を求めないとは」

「あの方は、契約自体に興味なんてないのよ。ただ繋がれれば、それで……」

その言葉と共に、ココアの微笑みに、悲しみの色が混ざる。オルドラもそれを察し、小さく頷いた。

「うむ、契約を通してわしにも伝わってきた。孤独を嫌い、繋がりを求める感情が。そしてそれにもかかわらず、一部の人間に対する凄まじい嫌悪も……」

「ええ、矛盾していますわね。ですが、その矛盾が今のアヤト様をかたちづくっているのでしょう。それに、心の底に見えた、あの影……」

「アヤト殿の友人か……あの者の存在のおかげで、今アヤト殿は留まっている状態のようだ」

「ですね。けれどもし、その彼と同等かそれ以上に大切な者が現れ、そしてその者が失われれば、きっとアヤト様は……自身を見失うでしょう」

「そうだな。だからこそ、道を違えぬよう、我々が支えなくてはならない。強く、そして脆いあの方を。これからあの方に惹かれ集うであろう者たちも」

オルドラの言葉にココアは強く頷き、まるで我が子を見守るような眼差しをアヤトに向けるのだった。

第4話　懐かしの服

ゆっくりと目を開けると、一面の白が目に飛び込んできた。

どこまでも果てしなく続くのではと思えるほどの、真っ白な世界。

だが、この非常識な光景にはもう慣れた。

起き上がった俺の目の前には、当たり前のようにシトがニコニコして立っている。

「奴隷商人にお金をあげてから店を潰すなんて、相変わらず面白くて変わったことをしてるね、君は」

「お前って結構暇か？」

シトの言葉を無視する形で、思ったことを率直に伝えてみる。

あのあと、精霊界から屋敷に直接戻った俺は、皆にウルとルウ、それから付いてきた精霊王たちを紹介した。

皆、一瞬驚いただけですぐに納得して受け入れてくれたし、ミーナに至っては「凄いね」と真顔で一言だけしか言わなかった。そのせいで、精霊王との契約ってそんなに凄くないんじゃないかと改めて思ったわけだが。

それからはいつものように過ごし、いつものように眠りに就いていた。

それで目を開けたらこれだ。

これまで結構な頻度で会っているから、実はこいつは暇なんじゃないかと思ってしまうのも仕方ないだろう。

「失礼な。確かに最後に会ってから数日しか経ってないけど、あれから仕事をぶっ通しで終わらせたんだからね？　君のために」

「俺のためなんて言うな、気持ち悪い。だいたい、なんでそこまでしてわざわざ俺に会いに来てんだよ？　どうせいつも覗いてんだろ？」

自分で言ってから思ったが、常に行動を見られてるってのは気味が悪いな。

しかしそんな俺の内心に気付いていないのか、シトはへらへらしながら答える。

「見守ってるって言ってほしいな。仕事の片手間に君を見てるんだから」

「宿題中に動画を見る学生か、お前は。そろそろ人のプライベートを考えろよ」

「そんな邪険にしないでおくれよ。僕の楽しみといったら、この世界の観察くらいしかないんだから」

ストーカーとかしてる奴って、そういう言い訳しそうだよね。

「だったら俺個人じゃなく世界全体を見てろよ」

「まあまあ、そんなつれないこと言わないで。君が為す事を観察するだけでも、世界を観察してるのと同義なんだから」

シトはそう言うが、なんで俺と世界が並べられてるのか。

「随分と過大評価されたもんだな」

「またまた謙遜を。異世界人というものは、ただでさえ世界に少なからず影響を及ぼすんだよ？　例えば『勇者』とかね？」

シトが発したその単語に、俺は眉をひそめる。

「やっぱり勇者のことを把握してたか。お前、招待に成功したのは俺が初めてとか言ってなかったか？」

そこでシトは苦笑いになる。

「初めてだよ？　実際に僕の招待に応じてくれたのは君だけ。僕の世界に他の異世界人が紛れ込んだのは僕の仕業じゃない」

「どういうことだ？　……まさか、お前の世界の住人が勝手にやったことだと？」

俺がそう言うと、シトは「ビンゴ！」と言って指をパチンと鳴らす。

「まさにご明察。君の世界の物語でもよくある話なんだけど、召喚術を使って他の世界から人を……まぁ、相手の都合を考えずに連れてくるんだから、一種の拉致になるのかな？」

「酷いもんだな」

思わず溜息を吐いてしまう。しかもアルニアから聞いた話では、召喚された『勇者』たちは皆この世界で殺されている。つまり元の世界に帰れていない、ということだ。

元の世界に未練があっただろうに……

「でしょ？　しかもその子たちは捨て駒としてしか見られてないんだ」

「だろうな」

「おや？　あんまり驚かないんだね」

拍子抜けした様子のシトに、首を横に振ってみせる。

「勇者たちが殺されたってのは、アルニアに聞いてたからな。目的を達成して生き残っていれば、自分たちの手で殺す。うまく情報を操作して同士討ちしてもらえればラッキー。その程度にしか思ってないんだろ」

俺が怒りを滲ませながらそう言うと、シトは「そっか」と短く答えて苦笑する。

「そうそう、アヤト君たち、魔族の大陸に行くんでしょ？」

勇者の件についてはこれ以上言うことはないのか、シトは突然話題を変えた。

そして当然のように俺が魔族の大陸へ行くことを知っていた。覗いていたのだから知っていておかしくないのだが、当たり前のように言われるとなんかな……

「ああ、あと少しで学園が夏休みに入るから、そん時にな」

「うん、知ってる。そこで僕からお願いがあるんだ。フィーナちゃんにも言われたと思うけど、元魔王ペルディアの救出……僕からも頼みたいんだ」

そう言ってシトは申し訳無さそうに微笑む。

「意外だな。お前から頼み事とは。しかも元魔王の救出ねぇ？」

「実はあの子も、ルーク君と一緒で話し相手としてお気に入りなんだ」

神と魔王が対立してる、なんて話はよくあるが、この世界ではそんなことはないらしい。

「生きてるのか？」

シトは軽く頷く。

「それは保証するよ。彼女は生きてる」

「りょーかい。はぁ、お使いが増えたか」

俺の言葉にシトが笑う。

「そう言わないでよ。魔王から人を奪還するなんてハードなお願いを、お使い感覚で頼める相手は君だけなんだから。さぁ、そろそろお別れだ」

「今回はやけに早いな」

そう言うと、シトはいやらしい笑みを浮かべる。しまった、失言だった。

「仕事がまだ残ってるしね。君が別れを惜しんでくれるのは嬉しいけど、まだ僕にもやらなきゃいけないことが――」

「よし帰れ」

この場合帰るのは俺だが。

世界が滅びでもしない限り、こいつとの別れを悔やむことはないだろうと思った。


シトの夢から覚めた俺は、学園に行く準備を整えてから、自室で本を読んでいた。

ゆっくりとした時間を過ごしていると、扉を開け二人の子供が入ってくる。

「おはようございますなの。ご主人様」

「おはようございますです。ご主人様」

ウルとルウ。昨日奴隷商人から買い取った、魔族と鬼の少女だ。

二人とも相変わらず髪がかなり長いが、昨日とは違ってきれいに纏められていた。ウルはサイドテール風に、ルウはポニーテール風だな。

多分女性陣の誰かがやってあげたんだろうが、よく似合ってる。

前髪も散髪してもらったらしく、昨日は隠れて見えづらかった表情がよくわかる。緊張した面持ちだ。

しかしこうして見ると、やはり瓜二つだな。これで双子じゃないっつうんだから驚いてしまう。

『世界には同じ顔をした人間が三人いる』なんてよく言ったが、この世界でも当てはまるらしい。

そして他に気になることがもう一つ。

「おはよう、ウル、ルウ。その服どうした？」

それは二人の服装。

魔族のウルはメイド服。鬼のルウは……巫女服？　メイド服はわからなくもないが、巫女服は完全に意味がわからない。

「ウルの服は、ノワール様からいただいたの。これは仕える者の服装だからって」

ウルの方は予想通りの理由。そしてルウは……

「ヘレナ様からいただいたです。オニッコにはこの服が似合うから、と言っていました」

ルウの説明を聞いて「ああ……」と声が零れる。確かにいたな、友人の見ていたアニメの中に、巫女服を着た鬼っ娘が。

ヘレナのやつ、同化した時に覗いたっていう俺の記憶に、どんどん影響されていってるな。

それにしても、どうやってこの服を作ったんだ？

メイド服が屋敷にあったのは確認しているが、巫女服に至っては、屋敷どころか街中ですら見たことがない。

そもそもこの世界に、神社や巫女の文化が存在しているのかすら不明だ。神様を崇める教会はあるという話はノワールから聞いているが……

ちなみにその話を聞かせてくれた時の、「神など崇めたところで何もありはしないのに」と言ったノワールの呆れ顔は、今でも覚えている。まああいつ悪魔だしな。ともかくこの服は、ヘレナが俺の記憶を参考にして作ったってことになるわけだけど、ヘレナにそんなことできるのか？

そう考えていると、俺の疑問に応じるようにしてまた扉が開き、ヘレナとココアが「おはようございます」と言って入ってきた。

「告。どうでしょう、この巫女服という物の出来栄え（できば）は？」

「おう、ヘレナにココア、おはよう。そんで『出来栄え』ってことは、やっぱり巫女服はヘレナが自前（じまえ）で作ったのか？　どうやって？」

「ヘレナさんから一部の記憶を見せてもらい、裁縫（さいほう）が得意なルマが作ってくれました」

聞かれるのがわかっていたのか、ココアが即答してくれた。

記憶を見せてもらい……ってそんなこともできるのか？

そう疑問に感じていると、ヘレナが俺の疑問に答えるように、壁に向かって手をかざす。するとそこには、俺がこの世界に来てすぐの頃や、ヘレナが籠手だった頃の様子が映しだされていた。

ヘレナ曰（いわ）く、彼女自身と俺の記憶のみ、映像化することが可能なのだと言う。自分が映像になるってのは少し恥ずかしいな……

それにルマ――水の精霊王も、案外器用で驚いた。映像見ただけで服を作れるとか……ともかく、「似合ってるな」といってルウの頭を撫でてやる。ルウはくすぐったそうな笑みを浮かべるが、逆にウルが不満そうに頬を膨らませてしまっていたので、「お前もな」と言って二人同時に撫でてやった。

「ルマには感謝しないとな」

「きっと喜びますよ。あ、朝食を準備しましたので、冷めてしまう前に召し上がってくださいな」

「今日はココアが作ってくれたのか？」

俺の言葉に、ココアが零れ落ちそうな笑みを浮かべた。

「ええ。ノワール様に教えていただき、作ってみました。結構な自信作です！」

ウルとルウを連れて食事の用意された部屋に行くと、すでにミーナとメアとフィーナの三人が食べ始めていた。

「遅いわよ。なに、まさか寝坊？」

「お前こそ早いな。何かいいことでもあったか？」

フィーナの挑発気味な言葉に、皮肉で返す。

「おう、先に食ってるぜ」

「ん。おはよ」

そう言ってきたメアとミーナには、「おう、おはよう」と返した。

三人とも、卵焼きや唐揚(からあ)げなどを美味しそうに頬張(ほおば)っている。

テーブルの周りには、アルズを始めとするココア以外の精霊王たちがいた。

フヨフヨと浮いてたり、走り回っていたり、瞑想(めいそう)して光ってたり——いや、光るなよ。

「ルマ、服ありがとな。おい、アルズとシリラ、走り回るな。ルウたちが真似(まね)したらどうすんだ？　そんでオルドラ、あんま光ってると名前をただのおっさんに格下(かくさ)げするぞ」

頭を撫でてやると、ルマは照れながら小さく「ん」と返事し、一方で注意されたオルドラは急いで光を消して駆け寄って来た。

「ややや、すまん！　だから、それはやめてくれ！　ココア殿の技を食らうよりキツいぞ!?」

割と本気で慌てていた。だったらやらなきゃいいのに。

しかし随分と賑(にぎ)やかになったもんだ。

人間、亜人、魔族、精霊に悪魔に竜人。豪華メンバー勢揃(せいぞろ)いって感じだ。

そんな中に俺も混ざって朝食を食い終えてから、俺とミーナとメア、ノワールに、一緒に通うことになったココアとヘレナを追加したメンバーで学園に向かう。

ちなみに、ココアとヘレナは制服ではなく、いつもの服装だ。

ココアは姿を現しているのは登下校だけで、教室では俺の体の中に入るから必要ないのだと言って、取り寄せなかった。

ヘレナはといえば、胸がかなり大きいらしく、既存のサイズで入るものがないと学園長に言われてしまったのだ。それを本人に伝えたら、ドヤ顔で胸を張ってたっけ。まあ、「オーダーメイドの書類とか追加費用とか、余計な手間が増えて金もかかるだけだろ」と指摘したら、口をへの字にして拗ねてたけど。

第5話　親衛隊

登校中、多くの視線が俺たちに集まっていることに気付いた。

まぁ、ココアがフワフワと浮きながら移動してるから当然と言えば当然なんだけれど。

仕方ないとは思うが、あまりジロジロ見られるのはいい気分じゃない。

だけど向けられる視線の中に、珍しいものを見るようなものだけじゃなく、嫉妬と敵意が混じってるのは何故だ？

ノワールはともかく、ヘレナやココアは今日が登校初日なのだから、何かやらかしたとも思えないし……

「まったく害虫共が……鬱陶しい」

そう言ってノワールが憎々し気な表情になり、ヘレナもむすっとしたまま俺に問いかけてきた。

「問。何故あの人たちは私たちを睨んでいるのでしょうか？　宣戦布告なのでしょうか？　埋めますか？」

「埋めるな落ち着け。向こうから手を出してこない限り、こっちからも手を出すな。もし手を出されても殺さず、丁重にお帰りいただけ」

ノワールとヘレナが、俺の言葉に頷く。特にノワールは渋々な感じがして、かなり不安ではあるが。

そして校舎に辿り着き、教室へと向かう。その途中、ひときわ強い視線を感じた俺は、皆を先に行かせることにした。

「お前ら、先に行っててくれ」

「何だアヤト、トイレか？　じゃあ先に行ってるぜ」

デリカシーのかけらもないメアがそう言い、女性陣はさっさと先に行く。

ノワールも同行したそうな目を向けてきたが、メアを守るように言い含めてあったので、おとなしく彼女たちに付いていった。

それから少し歩いて広い場所へ到着したところで、振り返って奴らに声をかけてやる。

「わざわざ一人になった上に、人が滅多に来ない場所まで来た。ほら、これだけお膳立てしてやったんだから、そろそろ姿を現したらどうなんだ?」

俺の言葉を合図に、前後左右、ついでに言うならここから見える校舎の二階三階にも多くの生徒が現れる。完全に包囲される形となってしまった。

「わぉ、俺ってモテモテ」

数えれば百を超えるんじゃないか、こいつら。

男女入り混じっており、その全てが俺へ敵意を向けていた。

通学途中から今まで、感じていた視線はこいつらのものだろう。

連中はこちらを睨みつけるばかりで、誰も口を開かない。

「何か言いたいことがあるんじゃないのか? お前らはその人数でこっちを囲ってるんだ、気兼ねなく話せるだろう?」

いつまでも喋る気配がないので、得意の挑発をする。

それにより敵意が一層濃くなったが、攻撃してくるような気配はない。

というよりも、戦う意思のある敵意ではなく、嫉妬の感情が強いように思える。

そしてその嫉妬する原因は……おそらくメアへの歪んだ好意だろう。

メア自身が言っていた、ハブられているという言葉。それに反して、召喚術の授業の際に周囲の生徒から聞こえた、彼女を称賛する声。そして、メアと一緒に登校している俺たちに向けられた視線の数々。

どれも、メアが他の生徒たちに慕われ、特別扱いされていたと考えれば納得できる。

つまり、こいつらの中でメアが神格化されていたんだ。あいつに近寄ろうとする奴らを、生徒教師問わず排除する。結果、メアに親しく接する人間がいなくなり、彼女はそれをハブられているのだと感じた、ということか。

俺が納得していると、先頭の数人がコソコソと話し始め、その中で一番小さい少女が前に出てきた。

鋭い目つきに金髪で、ドリルのような髪型。身長はミーナと同じか、それよりも低いくらいか。

だが一番印象的なのは、そのおでこだろう。まるで、磨きたての新品の革靴のようにピカピカで、光を反射して……いや、むしろ自ら発光していそうな勢いだった。

そして胸には何やら、『会員番号No.1』と書かれた、金色の札が貼られている。なんだろう、無駄に金がかけられてる感が半端じゃない。

その少女は俺の前まで来ると、頭をペコリと下げる。

「お初にお目にかかります。私、高等部三年生のベアトリクス・フィールドと申します。フルネームを呼ばれるのは好きではないので、『アトリ』と覚えてくだされば結構です、

Cランク冒険者アヤト」

口調は丁寧だけど、明らかに俺を見る目がゴミを見るそれだ。苗字があるってことは、こいつは貴族だろう。

あぁ、めんどい……

「俺のこと知ってたのか。じゃあ、自己紹介の必要はないな」

「いいえ、あります。何せ、あなたが冒険者になったのはつい最近。そしてその冒険者になる前の出生をいくら探ろうとも、あなたについての情報が出てこないのです」

「……個人の情報を勝手に漁ったと？」

デコドリル……もといアトリの言葉に苛立ちを覚える。本当は適当にあしらうつもりだったが、気が変わった。

アトリは自分が何をしたか理解してないように首を傾げる。

「そうですが……？　メア様、そしてアルニア様に近付く不敬な輩を徹底的に潰す。それが私たち『メア様とアルニア様を見守る会』親衛隊のルールの一つですから」

フフンと鼻を鳴らして胸を張るアトリ。

親衛隊……普通は王国に仕える騎士とかが名乗るもんだけど、こいつらの場合はファンクラブ的な意味だろうな。アニメや漫画では見たことはあったが、まさか実物を目にするとはな。しかも俺が目の敵にされてる状態で。

さらにそんなくだらないルールで俺の、というより他人の過去情報を探るのか？　平気でプライバシーの侵害をやってのけるとか、ある意味シト並みな奴らだな。

「そしてなんとか得られた情報も、些細なものでした。身長が高いだの、魔術師のローブを羽織ってるだの、そんな見ればわかる情報ばかり……他にあるとしたら、ギルド登録をした際の筆記試験で優秀な成績を残したことと、珍しい素材を持ってきていたことくらい。何者ですの、あなたは？」

探ったと言っても、子供が調べ物をしたようなレベルか。

まぁ、それ以上調べることができてたら、メアと俺の関係を知って、こんな接触をするはずがないからな。

「……とりあえず、お前が言っていた通り、最近冒険者として登録したってことは確かだよ。そんで？　それ以上に何が聞きたいんだ？　そもそも俺は、そんな調べられるほど悪いことでもしたってのか？」

「何……ですって!?」

するとアトリのデコに青筋が浮かび上がる。心なしか、デコの光も増した気がした。

「とぼけるのもいい加減にしてください！　アルニア様の姉君、ミランダ様との決闘で姑息な手を使い、ミランダ様のお顔に泥を塗っただけでは飽き足らず、メア様にまで取り入って……！」

鼻息を荒くしてそう言うアトリ。

姑息な手だとか取り入っただとか、随分勝手な妄想をされたもんだ。だけどここで事情を話したところで、聞き入れてもらえなさそうだし……ま、勝手に言わせとけばいいや。

とはいえ、せめて取り入ったという誤解の方だけは解きたい。

「ミランダのことはともかく、メアに取り入ったってのは誤解だ。俺はあいつの――」

「黙りなさい！　メア様を『あいつ』だなんて……その汚らわしい口を開けないでくださいまし！」

顔が完全に茹でダコ状態になっている。うーわー、コイツ話聞かねえー……一度決め付けたら疑わず直進するタイプかよ。というかそもそも、何者ですのとか聞いてきたのはそっちじゃねえか。

あまり関わりたくないタイプだけど、もう関わっちまったもんはしょうがねえか……

まあ何にせよ、こういう奴はまともに相手にしないのが一番だな。

「黙れって言うならこれ以上話すこともないから、俺は教室に行くぞ？　そろそろ授業始まるし」

俺は校舎の方――アトリがいる方へ早歩きで進み、教室に戻ろうとする。

が、俺の前に三メートル近い大男が立ち塞がった。あまりの巨体に一瞬、そんな体で室内授業を受けられるのか？　などと余計な心配をしてしまう。

「何だよ？」

眉をひそめる俺に、大男の足元にいるアトリが上から目線で言い放つ。

「本当に無礼な男ですね……ですがあなたに選択権はありません。自分から潔くこの学園を去るか、もしくは惨めな思いをして後悔しながら去るか、どちらかです」

つまるところ、俺にこの学園からいなくなってほしいらしい。子供のような脅しだ。

「ハッ！　ずいぶん横暴だな。もしどちらも拒否したらどうする気だ？　ここにいる木偶の坊全員で、俺に挑むか？　それとも愛しい親の権力にでもするか？　『パパー、あの子気に入らないからどうにかしてよー』、ってか？」

アトリの脅しを軽く鼻で笑い飛ばしてやると、周りがざわつく。

「本気で言ってるのか？」と戸惑う奴もいれば、「あいつ死んだわ」とニヤニヤしてる奴、挙句にはブツブツと呪詛みたいなのを唱えている奴さえいた。

様々な反応を見せる生徒たちだったが、少なくともその半数は、先程まで向けてきていた嫉妬の感情を、強い殺意のこもった怒りへと変えていた。

しかしその一方で、俺が挑発したアトリ本人は、冷静さを保っているどころか、呆れた様子だ。

「はぁ、あなたがここまで愚かだとは思っていませんでした……いいですわ。デク、相手をしてやりなさい」

「あ、あい、アトリさま」

野太い、というよりもう喉が潰れてるんじゃないかってくらいに聞き取りにくい声で返事をした、三メートル近い身長の大男デク……木偶の坊っつったけど、本当にデクって呼ばれてる奴がいるのかよ。

そいつはその巨躯に似合わないスピードで駆けてきて、腕を前に突き出し掴もうとしてきた。

「意外な速さだな、デク」

「お、お前が、お、おでをデクって呼ぶんじゃや、ねぇ！　……おぉ⁉」

俺があっさり突進を避けると、デクは俺の後ろにいた奴らに突っ込んでいく。

「お、おい、こっち来んな……ぐぇ⁉」

デクはそのまま数十人を巻き込んで倒れた。

「なっ！」

デクが簡単にやられたのが意外だったのか、驚きの声を上げるアトリ。

いや、あんな直線的な突進なんて、簡単に避けられることはわかってただろうに。

「おー、あれじゃあ起き上がるのに時間掛かるだろうな～。そんじゃ俺はこれで」

「待ちやがれ、この！」

そう言ってこの場から歩き去ろうとすると、今度はバットを振りかぶった男子生徒が殴りかかってきた。

学園内でバットを振り回すとは、またヤンキーみたいなことを……こういう奴が風紀(ふうき)を乱して学園長の胃を痛めさせるんだろうな。

「それはボールに当てるものであって人を殴る道具じゃねえぞ？　しかもこんな狭(せま)いとこで振りかぶったら……ほら」

デクの突進をかわした時と同じようにバットを避け、男子生徒の足を引っ掛けそのまま転ばせた。

すると、振り下ろされようとしていたバットはすっぽ抜け、近くの生徒のところに飛んでいってしまう。

「ってぇ……てめぇ！」

「ち、違う！　俺は悪く……がっ⁉」

「おい、何やってんだ！　俺たちの敵はあっちだろうが、って今俺に魔法撃った奴、誰だ⁉」

「ご、ごめんなさい！　でも、あなたが突然軌道上(きどうじょう)に出てきたから……」

バットをぶつけられた生徒が持ち主に向かって殴りかかると、それを合図にしたかのように、周囲の生徒たちが一斉に攻撃を仕掛け始めた。

単純な火の魔法を飛ばしたり、弓を放ったり、剣や棍棒(こんぼう)、素手(すで)で殴ったり。

しかし本来、俺に向かって放たれるはずの攻撃たちは、まるで同士討ちをするかのように仲間の生徒たちへと向かっていった。

そりゃあそうだ。俺を囲んだ状態で魔法やら弓なんかを撃ったりしたら、俺が避けるだけで反対方向の奴らに当たるんだから。

そしてあっという間に、百人近くいるであろう生徒全員が同士討ちで喧嘩を始め、秩序のない不良校みたいな絵面が出来上がってしまっていた。

本当にここは学園内なのかと問いたい。普通、平和なものじゃないのか？

このままでは流石に死人が出るんじゃないかと思ったが、飛んできた矢を一つキャッチして見てみると、先端が丸くなって、怪我を防止する仕様になっていた。多分練習用か何かだろう。

剣に当たった生徒も斬られてはいないようだし、火の玉に当たった生徒も、ちょっと熱い程度といった様子だ。

ただ、いくら殺傷能力が抑えられているとはいえ、死人が出そうな勢いであることは変わりない。

この学園には、こんな感じで暴れる生徒が出てきた時に鎮圧する用の設備とかはないんだろうか？

ふとアトリが立っていた場所を見ると、彼女は腰を抜かして座り込んでいた。

『まさかこうなるとは』と言わんばかりの表情だ。

「予想してなかったって顔してるな」

「……」

アトリは唖然とした表情のまま、何も言わない。

言ったところでどうにもならないことがわかっているのか、はたまた考えることを放棄してしまっているのか。

どちらにしろ、もう俺をどうこうしようなんて状況じゃないだろう。

「これに懲りたら、二度と集団リンチなんてしようと思わないことだ。人に向けた暴力は、いずれ自分に返ってくるぞ」

決め台詞っぽくそう言って、どさくさに紛れて逃げようとしたその時、アトリに向かって複数の流れ弾が同時に飛んできた。

「ひっ⁉」

「はぁー……やれやれだぜ」

ちょっと言ってみたかった台詞の一つを呟きながら、飛んできた流れ弾を拳圧一振で一掃する。

「このままじゃ本当に死人が出るんじゃないか？　まったく、ここまで手を焼かされることになるとはな」

「あ、あの――」

アトリが何かを喋ろうとしていたが、俺はそれに構わず息を吸い、ミランダとの決闘で使った時よりも弱めに『竜神の咆哮』を放った。

「グオォォォォォォ！」

『竜神の咆哮』は本来、特殊な声の振動で衝撃波を生み出し、周囲の者を無差別に気絶させるスキルだ。

今回は気絶までさせるわけにはいかないと考え、ぶっつけ本番で威力を弱めてみたのだ。

結果、ほとんどの生徒は腰を抜かしたり、意識を保ったまま倒れたりしていた。そいつらの目から戦意は消え、代わりに恐怖が見える。

ふむ、威力を弱めればいい感じになったな。今度からは弱めに使うかね。

化け物でも見るような畏怖の視線が集まる中、俺はそんなことお構いなしに教室へ帰ろうとした……のだが、誰かに裾を引っ張られていることに気付き、足を止める。

そちらを見れば、アトリが俺の服を掴んでこちらを見上げていた。

ただ奇妙なことに、その目に宿っているのは恐怖ではなく、キラキラした何か。

「あぅ……あの」

だがやはり咆哮の影響があるのか、もごもごして中々喋ることができないようだった。

しかし意外だな、あんな至近距離で俺の力を見せつけられて、怯えた目を向けてこないなんて。

見た感じ、真っ先に気絶してトラウマ抱えそうなタイプなのに。いや、気絶しないのは手加減したからか。

そう思っていると、ようやくアトリが一言呟く。

「あり、がとう……」

「ありがとう……？　って、さっきかばってやったことか？　一応、どういたしましてと言っとくよ。これに懲りて、今後は突っかかってこないようにしてくれれば助かる。あ、ちなみに今の内に言っておくけど、俺たちはメアの護衛みたいなもんで取り入ったとかそういうのじゃないから、それだけ覚えていてくれよ」

後半を早口でまくしたてる俺。

「あ、はい……？」

曖昧な返事をしたアトリが服から手を離したので、俺は再び歩き出す。

去り際、アトリの顔をチラッと見ると、その頬がほんのりと赤く染まっていた。

そしてギリギリ聞こえるくらいの呟きも聞こる。

「アヤト様……」

その言葉を気のせいだと思いつつ、メアたちの待つ教室に向かうのだった。

その事件を境に、物珍しそうなもの以外の、敵意や嫉妬に満ちた視線が俺たちに向けられることはなくなった。

ちなみに、ファンクラブと事件の話をメアへ伝えたところ、勘違いしていたのと好意を向けられていたのがかなり恥ずかしかったようで、顔を真っ赤にして悶えていて面白かった。

……あと、メアやアルニアに向けられていた好意の視線が、時折俺に向けられるようになった気もするが、気のせいだと思いたい。

第6話　正体

体が焼かれているように熱い。

ここはどこだ？　なんでこんなに真っ暗なんだ？

……私は誰だ？　いや、私はミランダ・ワークラフトだ。

まるで鈍器で殴られたかのように、頭がガンガンと痛む。酒を浴びるほど飲んだ二日酔いの時より酷かった。

「ッ！」

勢いよく起き上がり、目を見開く。真っ暗だったのは、瞼を閉じていたせいだった。

自分の状態を確認すると、いつもの白い寝巻きを着て、誰もいない部屋でベッドに寝かされていた。気持ち悪いくらいに汗をかいている。

窓の外を見れば、音もない静かな夜だということがわかった。

部屋には見覚えのある家具が置かれている。ということは、ここは自室だろう。

ぼーっとした頭でようやくそのことに思い至った時、自分の近くでモゾモゾと動く人影に気付いた。どうやら誰もいないわけではなかったらしい。

「うーん……」

身じろぎして顔が見えたことで、それが誰かわかった。エルフの特徴である長い耳に、美しい顔。触ったただけで壊れてしまいそうなほどに細い手足を持つ、私の母様だ。

母はベッドに寄り添うように置かれた椅子に腰かけ、私の膝の上に上半身を突っ伏して、自分の腕を枕代わりにして寝ていた。

「母、様……」

母というにはあまりにも可愛らしい容姿の、娘である私の身をいつも案じてくれている優しい人。その母様の頭を優しく撫でる。

「ん……うん？　ミラちゃん？」

細目を開けた母様は、寝ぼけた様子で私の愛称を呼ぶ。

「起こしてしまいましたか。おはようございます、母様」

いつも通りの挨拶をして笑いかけると、微笑み返してくれる母様。しかし何かを思い出したかのように、顔を青ざめさせた。

「ミラちゃん!? 本当に大丈夫なの!? どこか悪いところとかない？」

私の顔と体を調べるように、ペタペタと触る母様。尋常ではないくらいに心配していた。

「私は大丈夫です。ですがそれよりも母様の方が心配です……ちゃんと寝ましたか？」

「それどころじゃないの！ すっごく心配したんだから！」

母様はそう言うと段々と顔を悲しみに歪ませ、泣きじゃくり始めてしまった。

「ミラちゃんが、戦いに負けてボロボロで死にそうだって……聞かされた時なんて、ひっぐ、心臓止まっちゃうかと思ったんだから！ それに、三日も起きなかったのよ」

――ズグン。

母様の言葉で、あの戦いの記憶が呼び起こされて心臓が跳ね上がる。

「はい、情けなくも負けてしまいました……ですがこの通り！ 三日も寝ていたおかげで、私はすっかり元気ですよ、母様」

心配をかけまいと、腕まくりして力こぶを作って見せ、できる限りの作り笑顔を向けた。

女としてどうかとは思うが、私に今できるのはこれくらいだ。

「……フフッ、おバカ」

そう言って母様は涙を拭い、笑顔になった。

そして一呼吸置くとゆっくり立ち上がり、部屋から出ようとする。

「元気になったのはわかったから、お顔を洗ってらっしゃい。今のあなた、酷い顔をしてるんだから」

クスリと笑って、そのまま去っていく母様。

誰もいなくなったのを確認した私は、ベッドの上でうずくまった。

蘇るのは、奴から一方的にいたぶられた、鮮明な記憶。

あのアヤトという人物をただの冒険者として見過ごしていれば、あんな痛い思いも、ＳＳランク冒険者や王国騎士という肩書きに泥を塗ることも……母様の悲しそうな顔も見ずに済んだはずだ。

後悔の念が押し寄せる中、ベッドの横に置いてある手鏡を手に取り、自分の顔を覗く。

「……ああ、これは酷いな」

髪はボサボサ、目にもクマができ、頬も多少痩せこけて見えた。

いや、あの試合直後より酷くはないはずだ。あの時の私は手も足も、五体全てが滅茶苦茶にされていた。

その傷がないところを見ると、我が国で重用されている回復魔術の使い手がしっかり治してくれたということだ。

しかし、体の傷は治せても、心の傷は治せないらしい。

拳が直撃した時の鈍い音、腕や足の骨が折られた音。すでに試合が終わってかなりの時間が経っているはずなのに、それらが幻聴のように繰り返し聴こえていた。

俯いていると、あの戦いの中でアヤトが呟いた言葉が記憶の中から掘り起こされる。

——殺すぞ。

その時向けられたアヤトの表情、殺気を鮮明に思い出し、体がブルリと震えた。

だがそれは恐怖からの震えではなかった。

体の芯から温まるような、性的な欲求に苛まれた時のような感覚。

そして夢の中であの男に言われた最後の言葉を思い出し、一度視線を外していた手鏡を覗く。

「本当に……酷い顔だ」

そこに映っていたのは、卑猥に歪んだ笑みを浮かべる私の顔だった。

☆★☆★

「今日の修業はここまでだ」

俺たちの住む屋敷の地下で、俺は背伸びをしながら、あたりで膝に手を突いたり座り込んだりしている連中に声をかける。

そこにいるのは、ミーナ、メア、フィーナ、アルニアと、昨日と同じ面子。

そしてすぐ傍には、剣を地面に突き立て膝を突いているミランダがいた。

なぜミランダがここにいるのかというと、今日の授業を終えて学園から帰ったら、屋敷の前でアルニアと一緒に待ち構えていたのだ。

そこでミランダと交わした会話の内容を簡単に纏めると、まず第一に、先日の決闘騒ぎの件の謝罪をしたかったとのこと。そして第二に、ミーナたちやアルニアにつけている修業に、自分も参加したい、とのことだった。

言葉を交わしている時のミランダは、初めて会った時のような高圧的な態度ではなかった。かといって恐怖に突き動かされているわけでもなく、憑き物が落ちたような清々しい顔をしていた。

その謝罪にはたしかに誠意が感じられたので、「やればできるじゃねえか」と言ったら、「その上から目線もいいな……」と頬を赤くして呟かれた。よくわからん。

というか元気になったんならメアの護衛に戻れよ、とも思ったが、そういえばルークさんはミランダに任せたのは失敗だった的なことを言ってたな。

一応、メアの護衛依頼は彼女が学校を卒業するまでか、ミランダが復帰するまでって話だったが……ミランダが今すぐ復帰するって言っても、メアがこんだけ俺たちに馴染んでる以上、結局俺が継続する羽目になる可能性が高いか？

そんなことを考えていると、ミランダが立ち上がった。

「流石だな……やはり君は強い」

汗を垂らしつつ、スポーツを終えた後のような清々しい表情でそう言うミランダ。

「やっぱ、いきなり丸くなって態度を変えられると反応に困るな。まだ前の方が殴りやすくてやりやすかった気がするよ」

あまりの違和感に俺がそう零すと、その言葉を聞いたミランダの目の色が変わった気がした。

「そ、そうか？　もしまだ腹が立っていたら、気の済むまで殴ってくれて構わない、ぞ？」

そう言って頬を赤らめてモジモジするミランダを見て悪寒が走った。

……誠意で言ってるんだよな？

妖しい雰囲気を纏うミランダの真意が読めず、どう返せばいいのか悩んでしまう。

その時、ふと階段近くに気配がしたので、そちらを振り向いてみる。

するとそこにはメイド服と巫女服の二人組がいて……

ウルが　なかまに　なりたそうに　こっちをみている！

ルウが　なかまに　なりたそうに　こっちをみている！

なんてウインドウ画面が出てきそうなくらい、キラキラとした目を俺に向けてきていた。

「ど、どうした、お前ら？　二人も混ざりたいのか？」

一応冗談のつもりで言った言葉だったが、途端に二人の顔がパッと明るくなり、トテトテと歩いて寄ってきた。

「いいの？」

「でも、奴隷はご主人様を傷付けてはいけないのです？」

たとえ訓練とはいえ、万が一でも主を傷付けてはいけないのではないか。わくわくしながらも、そのことをしっかり認識していた二人は、少し表情を曇らせる。

「遠慮すんな。お前らに傷付けられるほど弱くねえよ、俺は。それにお前らは奴隷じゃない。焼印も首輪もないだろう？　逃げようと思えばいつでも逃げられただろうに」

そんな俺の言葉に、ウルが首を横に振る。

「ノワール様が逃がしてくれないの」

あー、ノワールなら「主人に救われた恩くらいは返せ」とか普通に言いそうだよな。

というかノワール、しっかり二人に怖がられてないか？　二人を買い取った後、屋敷に戻るまではノワールに面倒見させてたわけだし、その間に上下関係を叩きこんだのかな？

「ノワールには俺から言っておく。もしお前らに帰る場所があって、そこに帰りたいって言うなら好きにしていい。俺がお前らをここに置いてるのは、その帰る場所がなさそうだと思ったってだけだし。もしそれが余計なお世話なら――」

俺がそこまで言ったところで、ウルとルウが俺の足に強くしがみ付き、頭を横に振った。

「帰る所はないのです。あっても帰らないのです」

そう言ったウルも、その横でコクコクと首を縦に振るルウも、今にも泣き出しそうな顔で、必死に見えた。

「ご主人様たちはウルたちにいろんなものをくれたの。温かいご飯、綺麗なお洋服、広いお部屋。たくさん……たくさん貰ったの！」

「だけどルウたちは何も持ってないのです。でもたくさんの『暖かい』を貰ったのです。だから逃げ出すなんてできないのです。したくないのです！」

ウルとルウは涙を流しながら、俺を真っ直ぐ見つめる。

そうしなければならないという義務感、ではない。心から『そうしたい』と目で訴えている。

二人の気持ちは、痛いほどに伝わってきた。

「そっか……自分で考えて俺たちと一緒にいたいって言うのなら、お前たちはもう家族だ」

「か、ぞく……？」

俺の言葉に、ルウがポカンとして掠れた声で呟く。ああ、涙と鼻水で顔面崩壊してる……

「お前たちを縛るものは何もない。でもどこにも行かず、ここで過ごしたいんだろ？　なら奴隷や従者じゃなく、家族になってくれよ。丁度、妹欲しかったし」

最後のは適当だが、いてもいいとは思ったから言った。

すると二人は目を輝かせ、満面の笑みとなった。

「「……あい！」」

涙を拭いて元気よく返事した二人の頭を、優しく撫でてやる。

その俺の両手に、ウルもルウも、頭を擦り付けてきた……猫みたいで愛らしいな。

「二人ともいい子だ……よし、今の話はここまでだ。で、話を戻すが、訓練に混ざりたいのか？　もしそうなら、本気でかかってきていいぞ」

俺がそう言うと、二人して顔を輝かせて頷く。

「遊んでくれるの？　やったの！」

「ルウもやるです！」

遊んでくれる、か。なんだか微笑ましいな。

俺はそう思いつつも、一旦距離を取るように告げて、その場から離れる。

そして向かいあったところでお互いに構え、少し間を置いてルウが動き出す——と同時に、彼女の姿が消えた。

「……あ？」

何が起きたのか理解できずに、俺は間抜けな声を出してしまう。

そして、一瞬で俺の横に移動したルウが、そのまま凄まじい威力の蹴りを放ってきた。

☆★☆★

自分は鬼族の亜人で、少し前まで奴隷だったです。

だけど突然現れた、アヤトと名乗ったご主人様に、ルウという名前を貰って、一緒に名前を貰った魔族の女の子、ウルと二人で、ノワール様に連れて行かれたです。

その時は、凄く怖かったことしか覚えてません。

テントから出てすぐにご主人様の体から出てきた黒い虫もだけど、ノワールって呼ばれていた男の人からも凄く怖い感じがしたです。

でも、それは心配のし過ぎだったみたいで、このお屋敷に着くとみんなが笑顔で迎えてくれました。

メア様、ミーナ様と、ヘレナ様にフィーナ様。そして帰ってきたご主人様と、せーれーおーのココア様たち。

どうしたらいいかわからないルウたちに、ご主人様がかけてくれたのは、「腹が減ってるだろうから、まずは飯を食え」という言葉でした。そしてルウたちは返事をする前にいつの間にか椅子に座らされていて、目の前には美味しそうなご飯が並べられていたです。

それを前に涎を垂らしているルウたちに、ご主人様は微笑んで「召し上がれ」と言ってくれました。

寝る時にルウが「ウルと一緒がいいです」とわがままを言っても、ご主人は簡単に頷いて、大きくて綺麗なベッドのある部屋を用意してくれたです。

お風呂も、メア様とミーナ様が強引にルウたちを連れて行って洗ってくれて気持ちよかったです。

そんな『暖かい』をたくさんくれたご主人様たちがシュギョーをしているのを見て、ルウたちはウズウズしてしまっていました。

それでシュギョーを見ていると、ご主人様がルウたちに気付いて「一緒にやるか」って言ってくれたです。でも奴隷だからと遠慮しようとしたら、今度はルウたちに「家族になってくれ」って言ってくれました。

そんな主人様の優しさが嬉しくて、凄く嬉しくて、嬉し過ぎて……ご主人様の言葉に甘えて全力を出してしまったのです。

そしたら、ご主人様が飛んでいってしまいました！

おかしいです、ご主人様からはもっと強い何かを感じたのに……？

「アヤトが……吹っ飛んだ……!?」

メア様が驚いて立ち上がって、他の皆様も目を大きくして驚いていました。

同時に、やってしまった、と体中から変な汗が出てきて、自分の体が自分のものじゃないように感じたです。今のでご主人様が死んじゃってたら……!?

「おー、今のはびっくりしたな」

「「っ!?」」

突然、後ろからご主人様の声が聞こえてきました。

ウルと同時に振り向くと、傷どころか埃(ほこり)すら付いていない、感心した様子のご主人様の姿。

じゃあ、さっき飛んでいったのは、ご主人様じゃなくて何です?

慌ててそちらを見ると、そこにはご主人様と同じくらい大きさの、割れた岩石がありました。

「岩です?」

「岩なの?」

見たままの疑問を、ウルと一緒に言葉にしました。

「変わり身の術ってやつだ。驚いたろ?」

自慢気に言うご主人様。

「術です? 驚いたです。見たことがない魔術です!」

「今のは本当に魔術なの？　魔力感じなかったの！」

ウルの言った通り、魔術を使った時に感じるほわほわしたものを感じなかったです。

でも、今気付いたけど、それよりもご主人様の魔力がおかしいです。みんなより黒く見えるです……？

「……いや、すまん。変わり身の『術』って言い方が紛らわしかったな。あれは足捌きを利用した、ただの技術だ。魔法や魔術じゃない」

ご主人様は頭を掻きながら、申し訳無さそうに言いました。

魔法でも魔術でもないのに、あんなことできるです⁉　やっぱりご主人様は凄いのです！

ルウが驚いていると、横から突然、刃のようなものが飛んでいきました。

多分、ウルが無詠唱で放った魔法、ウインドカッターです。

だけどほとんど不意打ちだったそれを、ご主人様は手で真っ二つにしちゃいました。

「ウルはまだ何もしてないの！　ウルもご主人様を驚かせるの！」

「おう、どんどん遠慮なくこい！」

ご主人様が片手を出して指をクイッと曲げた。あれは挑発です？

「です！」

「なの！」

ご主人様の挑発に、ルウたちは元気な声で答えながら走り出しました。

☆★☆★

「スゲー……」

メアが一言だけ発し、他の者は無言のままその光景を眺めていた。

そこに、ノワールの感心したような呟きが聞こえてきた。

「ほう、『先祖返り』ですか」

突如後ろから声が聞こえ、観戦していた全員がビクッと肩を震わせる。

振り向くと、ノワールが片手を口に添えていつの間にか立っていた。

その指の隙間からは、不気味な笑みが見える。

そんなノワールに、アルニアが恐る恐る質問した。

「ノワールさん。先祖返りって何ですか？」

「簡単に説明しますと、先祖が持っていた力を突如得る事です」

「先祖の力？」

アルニアが首を傾げると、ノワールが説明を続ける。

「親には出現しなかった、祖先の特徴が子に現れるのです。ウルさんとルウさんの二人共、昔存在していたある種族の特徴がよく出ていますね」

　クフフと面白そうに笑うノワールは、さらに言葉を重ねた。

「ルウさんは鬼神。身体能力が異常に高く、物理はもちろん、魔術も通しにくい強靭な肉体を持つ種族。ウルさんは魔神。尽きることのない魔力量を所持し、強力な魔術を扱える種族です。こちらも鬼神ほどではありませんが、身体能力はそれなりにあります」

　ノワールの言葉を聞くにつれて、アルニアたちの顔から血の気が引いていく。

　普通なら考えられない話ではあるが、実際にアヤトと戦っているウルとルウの身体能力は尋常ではなく、何よりの証拠として目に焼き付いていた。

「その鬼神とか魔神って、伝承とかでよく出てくるやつか？」

　メアの疑問にノワールが頷く。

「ええ。種族と言っても、それぞれ一人ずつしかいませんでしたが。そのため仕方なく別の種族と交わり、その血が薄まり続け、今では鬼の亜人と魔族となって分かれています。たしかその二種族が退化、もとい別の種族と交わり始めたのは……細かい時間までは覚えていませんが、ざっと数十億年ほど前でしたか」

「数十億年って……ノワールどんだけ生きてるんだよ？」

　メアが呆れたようにそう言い、全員がアヤトたちに視線を戻す。

　先程よりも激化した攻防を目の当たりにしたメアたちは、とうの昔にいなくなった種族の話など忘れ、見入っていった。

第7話　フィーナの愚痴(ぐち)

「ふぃーふぁはま、ほっへはふへははいへくらはいへふの～」

目の前にいるウルが頬を伸ばされているせいで何を言ってるかわからない言葉で、あたしに何か訴えかけていた。

まぁ、その頬を伸ばしているのはあたしだし、多分「フィーナ様、頬っぺた引っ張らないでくださいですの～」と言ってるんだろうとはなんとなくわかるけれど。

「はぁ～、あんたが魔神ねぇ……」

あたしは大きく溜息を吐きながら、その頬を遠慮なく伸ばし続けた。

あれから結局、アヤトはウルとルウの気が済むまで相手をしていた。

正直言って、化け物としか言えない。アヤトはもちろん、ウルとルウの二人も。

ルウの初撃。あれを、一度見たのだから受けたり避けたりできるかと聞かれれば、今の私には不可能であると自信を持って答えられる。

単純にあのパワーを何とかできると思わないし、加えて目が追い付けないほどの速さだ。

どうしようもない。

そしてウルの脅威も同じくらい。無詠唱で放つ魔法の一つ一つが、尋常じゃない威力だった。

そう、魔法で、だ。複雑な魔術を組んであの威力なら納得できるが、そうではなくただの魔法を放つだけであの威力なのだ、こいつは。

こんな奴らが敵になると思うと……いや、あたしは元々アヤトに喧嘩を売ったんだから、そこは今更言ってもどうしようもないんだけど。

そんなことを考えつつ、風呂場で悶々としながら、あたしはウルの頬をイジっていた。

ミーナ、メア、ヘレナにウルとルウ、それにアルニアやミランダって奴らも一緒に風呂に入っている。このアルニアとミランダの二人は、魔族のあたしがいてもお構い無しだった。

まぁ、それはともかく。

あたしが今風呂に入ってるのは、アヤトの修業とやらに付き合って、他の奴ら共々汗まみれになったから。

だけど――

「なんでヘレナまでいんのよ？　あんた何もしてないじゃない……それに何よ、この状態は？」

あたしはそう言って、後ろにいるヘレナを睨み付ける。

ていうかミランダって王国騎士じゃない。あたしが魔族って知ってて何も言わないの？

ヘレナが竜人、つまり人化した竜だということは、新魔王のグランデウスが発動した呪術のせいで気絶した後、目を覚ましてから本人に聞いた。最初に会った時は魔力を感じることができず、ただの身体能力の高い蜥蜴族かと思っていた。

だけど竜人なら話は別。竜人に宿っているのは、魔力ではなく『竜気』と呼ばれるもので、魔力より遥かに強力なのだ。魔力感知で反応するわけがない。

つまりあの時、ただの蜥蜴族だと思って攻撃を仕掛けていれば、死んでいたのはあたしの方だったというわけ。

笑えない冗談だわ。

ウルをつねっている間、ヘレナに抱っこされているのが今のあたしの状態だった。

しかもかなり強く締め付けてくるから、こいつの二つある大きなもんが背中に押し付けられて凄く腹が立つ。

「解。水臭いことを言わないでくださいフィーナ。ヘレナとフィーナの仲ではありませんか」

「あたしたちの仲って何⁉　あんたはあたしのなんなのよ⁉　っていうか離れなさいよ！その巨大な肉塊を押し付けるのは嫌味⁉」

怒鳴るようにそう言ってもヘレナは動じず、そのまま抱きかかえ続ける。

するとメアがあたしの胸を見ているのに気付いた。

「いやいや、フィーナのも結構デケーぞ。着痩せするタイプだったのか？」

あまり褒められたことがないから、そう言われて顔が熱くなり、あたしは胸を腕で隠す。

「……あまり見ないでよ。魔族の肌なんて醜いだけでしょ」

自己嫌悪しつつ言う。

実際、魔族の肌は他の種族と違って全身青い。三種族の中で他より風当たりが強いのも、そのせいだろう。

だけどメアは首を横に振る。

「そんなことねぇよ、綺麗な肌じゃんか」

メアはそう言いながら、あたしの腰に手を伸ばしてきた。

「ちょ、どこ触って……!?」

「モチモチしてる……なんで同じ女でここまで違うんだ？」

腰だけでなく体中をペタペタと触ってきたメアは、そのままあたしの胸に顔を埋めた。

あたし、ペルディア様以外とそういうことする気ないんだけど……

「メア、ずるい。私も」

ミーナもそう言って、メアを横にズラして抱きついてくる。それに続いてウルとルウも横からキャッキャと笑いながら腕にくっついてきた。

……何、この状況？　四方八方から抱きつかれてる。

すると離れたところで、アルニアとミランダが微笑ましそうにこっちを見ていた。

「フフッ。面白い光景だね、姉さん」

「ああ。人間も亜人も魔族も関係なく触れ合っているな。アヤト殿と一緒にいると、これが当たり前なのか？　さっきの戦いといい、彼には驚かされてばかりだな」

「そうだね」

「あんたら、傍観してないでこいつら引き剥がしなさいよ！」

あたしの叫びも、アルニアたちはハハハと軽く笑って一蹴する。

こいつらはあたしを……魔族を何とも思わないのかしら？

種族は違うし、肌の色だって違う。人間や亜人にとって、魔族は嫌悪されるべき敵なのに。

あの二人の言ってた通り、これもあの男の影響？　……嫌な影響ね。

そう、嫌な影響……異族同士で心地好く思えるようになるなんて。

そう思いつつ、どさくさに紛れて胸を揉んでくるメアの頭にチョップした。

「――と、いうのが私の見解です、アヤト様」

メアたちが風呂に入っている間、俺はノワールからウルとルウがどんな存在かというのを教えてもらっていた。

太古と呼べるほどの遥か昔に存在した種族の、先祖返りした力を持つ鬼神のルウ、魔神のウル。

二人共、本来の種族である鬼族や魔族の比にならないくらいに強力な力を持っているのだという。

「凄い偶然、とでも言えばいいのかね」

不吉の象徴と言われるオッドアイを持ち、奴隷として売れ残った二人。それが二人共、特殊な力が備わっているなど。

「ええ、思わぬ収穫でした。何せ神がこの世界を創り直してから退化し続け、今では亜人の一種である鬼族と、魔族がその末裔となりますからね。その二種族が現代に復活したとなれば……まぁ、ギルドとやらの基準で表すのであれば、『伝説級』くらいでしょうか」

嬉しそうにクフフと笑うノワール。しかし俺は、別の言葉が気になっていた。

「創り直した？　それって、シトが何かする前からこの世界は存在したってことか？」

「はい。神が降りる前の世界は、今より過酷で生き易い世界でした。故に私と同等、もしくはそれ以上の力を所持する者が多くいましたが……時が経った今では、力がほぼ皆無の者たちが蔓延するようになってしまいました」

「あの頃はよかったのですが」と付け加えて、ノワールはしみじみと言う。蔓延という言い方をする辺り、完全にノワールの中ではこの世界の奴らは病原菌扱いされているみたいだな。

そんなことを考えていると、フィーナが濡れた髪をタオルで拭きながらやってきた。

「ふう……上がったわよ」

その姿はどこか艶かしく、色気が漂っていた。

フィーナの報告にわかったと返事をして、俺も風呂に向かうために立ち上がる。するとフィーナが近寄って耳打ちしてきた。

「あんた、風呂の後でいいから時間空いてる？」

その言葉には、なぜか背徳感があった。というのは置いといて、普通に返事をする。

「ああ、大丈夫だ」

「そ。じゃあまた後で」

俺の返事にフィーナは素っ気なく頷き、振り返って歩き出す。そのまま立ち去るかと思ったが、ふと、その場で立ち止まった。

「……ねえ」

顔をこちらに向けないまま問いかけてきたフィーナに「ん？」と返す。

「……いや、やっぱ何でもないわ」

何か言いたそうだったが、今度こそ立ち去った。

何だったのか気になるが、言いたいことがあるならこの後話してくれるだろうと思い、気にしないことにした。


入浴後、自分の部屋で髪を乾（かわ）かしていると、フィーナが唐突に扉を開けて入ってきた。

「入るわよ」

「ノックくらいしろよ」

「女じゃあるまいし、細かいこと言うんじゃないわよ」

フィーナは俺の部屋を見回しながらそう言った。

「お前は男らしいな」と返したかったけど、また怒りそうなのでその言葉は呑み込んでおく。

「それで、用事は何だ？」

「……」

本題に入ろうと切り出してみたが、フィーナは言いにくそうに言葉を詰まらせている。

そして待つこと一分弱、ようやくフィーナの口が開いた。

「ちょっと……外に出たいのよ。気分転換に」

「ふーん……」

「『……』」

そしてしばらく沈黙が流れ……

「……え、それだけ？」

何を期待していたのか、フィーナがそんな反応をする。

「『それだけ』って……何を期待してるんだ、お前は？　あ、もしかして金か？　そうだな……まぁ、小遣い程度の金額ならやれるけど？」

外食くらいの金なら渡しても、なんて思っていたらフィーナが憤慨する。

「違う、そうじゃない！　そんな子供みたいなことを言いにわざわざ来たんじゃないわよ！」

「だってお前今、金貨や銀貨どころか銅貨すら一枚も持ってないだろ？」

「も、持ってるわよ……銀貨二枚くらいなら」

フィーナはそう言いつつ、気まずそうに目を背けた。

俺は最近やっと、この世界の金銭感覚がわかってきていた。

銅貨は一枚で、リンゴ一つが買えるくらい。日本円なら約百円ちょっとくらいか。

銀貨一枚は、銅貨百枚分。約一万円くらいで、ボロい鎧などなら買える程度だ。

金貨一枚は、銀貨百枚分なので約百万円。二、三十枚あれば家が建てられる。

このような感じなので、銀貨二枚というのであれば、だいたい二万円くらいということになる。

食費だけで考えると、節約すれば二、三ヶ月暮らせるんじゃないか？

節約しなければ……まぁ、精々一週間くらいだろう。

外食すれば金がかかるのは、元の世界と変わらない。一人で少量食う分には問題ないが、ちょっと食い過ぎれば数万なんてあっという間になくなる。

なので、何が言いたいかというと……

「お前、金ないじゃんか。それにこの時間だと居酒屋程度しかやってねえし、そんなとこで酒でも飲みまくってたら、すぐなくなるぞ？」

図星だったのか、フィーナの肩が跳ねる。こいつ、酒飲むつもりだったな？

「たしかにお金はないけど……いや、そうじゃなくて！　あたしに見張り役とかを付けなくていいのかって話！」

焦ったようなフィーナの言葉に、「ああ、そっちか」と納得する。

「なんだ、わざわざ監視されたいのか？　そんな特殊な性癖――」

「んなわけないでしょ、ぶっ飛ばすわよ⁉」

また怒鳴るフィーナ。カルシウム足りてないんじゃないか。

「あたしだって一人で行動したいけど、あんたがいた方が安全だから……それだけなんだから勘違いしないでよね！」

「お、おおう……」

前からツンデレっぽいとは思ってたけど、まさかそのテンプレをやってくれるとは。

ただ一つ疑問がある。

「だけど魔族が外を普通に歩いてたら問題にならないか？」

この世界にいる三種族間での差別。その中で魔族は風当たりが最も強い。

差別を気にせず安心して飲めるとしたら、ミーナが拠点としていたサザンドの街だが……まさか飲みに行く程度で、馬車で三日の距離を移動しようとしてないよな？

「姿のこと？　そんなの見た目を変えれば問題ないわ」

フィーナは何でもないようにそう言って目を閉じる。すると徐々にフィーナの体が変化し始めた。

腰まであった紫の髪はさらに長く伸びて黒く染まり、逆に伸びていた角は沈むように頭の中へと消えていった。

肌も人間と同じ肌色になり、身長もどことなく伸びている気がする。

パッと見、モデルのような美人になってしまった。

ただ一つ、変わっていない鋭い目で俺の方を見て、「どう？」と言いたそうなドヤ顔をしてくる。

「姿を変えられるのか」

「えぇ、変身のスキルよ。最初は体の一部を少し変えるくらいしかできないけど、あたしくらいになると種族を偽ることだってできるんだから！」

　そう言って上機嫌に自慢するフィーナ。

「そうか……ん？　『最初は』ってことは段階があるのか？」

「スキルにはランクがあるのよ。そんなことも知らないの？　って、そういえばあんたってこの世界の人間じゃなかったわね……まぁ、要は熟練度ね。一番低い『小』から始まって、次に『中』『大』『超』『極』『絶』『神』の順で高くなっていくわ。それで、あたしの変身スキルはその中で真ん中の超。今言った通り、人間とか亜人とか、似ている種族に姿を変えられるの。それが神くらいまでいくと、姿を自在に変えられるとも言われてるわね」

「へぇ、姿をね……それってミーナみたいな亜人にもなれるのか？」

「えぇ、なれるわ……それが何？」

　何かを察したのか、訝しげな目で俺を睨むフィーナ。この姿のフィーナに罵られでもしたら、新たな世界の扉を開く奴が現れそうだな。

「いや、ちょっとな……フィーナのケモ耳姿を見てみたかっただけだ」

「ケモ……何？」

「ミーナの猫耳とか犬耳、兎（うさぎ）の耳みたいな、獣（けもの）の耳のことだ」

「……なんでそれをやってほしいのよ？」

ジト目を俺に向けるフィーナ。

「ケモ耳を付けると、割増で可愛くなるという情報がな……」

「どこ情報よ、それ？　っていうか、絶対やらないからね」

そう言ってフィーナは不機嫌そうにそっぽを向く。

「そうか。猫耳の魔族姿とかちょっと見てみたかったがな」

「……」

もはや返答する気がないのか、こっちを向かない。しょうがない、話題を変えるか。

「そういえば、そんな便利なスキルがあるのに、なんで俺たちと会った時は魔族の姿のままだったんだ？」

「簡単な理由よ。人間の大陸だったら、魔族より人間の姿の方が行動しやすいでしょ？　だから、わざと絡まれて返り討ちして強奪（ごうだつ）なんかをしたい時は普段のあたしの姿、それ以外に普通に活動する時はこの人間の姿ってわけよ」

「ああ、なるほど……ずっと人間のままでいられたりするのか？」

フィーナは「できるわ」と言いながら髪をいじり始める。その仕草はなんとも様（さま）になっていた。

「変身の維持には魔力が必要で、ランクが上がっていくにつれてその量も増えていくの。でもそれも、あたしからすれば微々たるものだから気にする必要はないのよ」

「そんなもんか……よし、それじゃあ、行くとするか」

フィーナの機嫌が悪かったのも戻ったようだったので、俺はそう言いながらローブを羽織る。

「……結構簡単に外に出してくれるのね。逃げると思わないの？」

フィーナが意外そうな顔で問いかけてくる。

「二つ聞こう。『逃げられると思うか？』、『逃げる先はあるのか？』」

まぁ、仮にフィーナが逃げたとしても俺たちが追うことはないだろうけどな。ヘレナは探しに行きそうだけど。

フィーナはしばらく考えた後、溜息を吐いて首を振る。

「……どう考えても逃げるのは無理ね。それに、魔城がグランデウスに占拠された以上、あたしに帰る場所なんて無い。どの道、あんたらと一緒に行ってペルディア様を取り返して、あのグランデウスって男をぶっ飛ばさなきゃいけないって話になるわね」

「そういうことだ。まぁ、逃げ出さないように監視するっていうより、お前が攫われないか心配だから付いていくとでも思っておいてくれ」

そう言ってやると、フィーナが眉をひそめる。

「はぁ？　なんでそんな心配されなきゃいけないのよ？」

「だって今のお前、普通に美人なんだから。声をかけられるのは一人や二人じゃ済まないぞ」

俺がそう言うと、フィーナは頬を少し赤らめて「び、美人……」と呟く。

「そんなもん、ぶっ飛ばしちゃえばいいんじゃない？」

「おいおい、せっかく息抜きのために人間の姿で行くのに、面倒事を起こしたら本末転倒だろ。だから俺が殴れば問題ない」

フィーナは呆れたように笑いながら、「意味わかんなくなってるわよ」と呟いた。


その後、隣街のクルトゥに行き、居酒屋っぽい飲食店に入った。

店の中央では宴会だろう、おっさんたちが騒いでいたので、無駄に絡まれないように隅の席に座る。

しかし席についた直後、出発前に予想していた通り、おっさんたちがフィーナに絡んできた。といっても多少口説いたり、酒を勧めてきたりする程度だったので、俺からは何もしなかったが。

フィーナは日頃の鬱憤を晴らすかのようにベロベロに酔うまでお酒を飲み、俺への不満と愚痴を延々と零していた。

ただその表情はうっとりとして艶めかしく、見た目も相まって別人のように感じた。

ちなみにこの世界では十七歳で成人とされて、俺もその仲間ということになる。ただ、お酒は飲みたくなかったので、適当にウィルターという名前のジュースを頼んだ。

飲んだことがない味だったが、スッキリしていて、かつ炭酸のようにシュワっとした喉越しで、かなり美味かった。

しばらくそうしていたところ、酔ったおっさんがフィーナへセクハラ気味に絡んできた。

しかし酔ったフィーナは、逆におっさんの首に腕を回して笑いながらホールドし、おっさんは最終的に白目を剥いて気を失ってしまった。

その時にフィーナの胸がおっさんの顔に押し付けられていたので、おっさんもこれで死ねるなら本望だろうと、俺は巻き込まれない程度に離れた席でそう思いつつ、合掌した。

成仏しろよ、おっさん。

二時間後、俺は完全に酔い潰れたフィーナを背負いながら、支払いを済ませて店を後にした。

「んん～……まだまだのへるわよ～」

もう呂律も満足に回っていないのにもかかわらず、そう言って俺の背中で暴れるフイーナ。

ちなみに、街を出て少ししたところでフィーナのスキルが解除されて、魔族の姿に戻ってしまった。どうやら本人が気を抜くと解けてしまうらしい。危ねえ……

今現在、屋敷のある王都までの何もない街道を歩いているわけだが、一応夜中なので静かにしてほしい。

ほら、魔物も寝てるだろうし、起こしたら悪いじゃん？

「まったく……いいから静かに寝てろ。気持ち悪くなって吐いても知らんぞ」

「んふふ～、らいじょうぶよ～。あらしお酒に強いもん～」

そう言いながらフィーナは俺にギュッと抱き着いてくる。色々とキャラ崩壊してるが大丈夫だろうか？

「これれもね、あんらには感ひゃひてるんだから」

呂律が滅茶苦茶で聞き取り辛いが……今こいつ、俺に感謝してると言ったか？

「あーのクソッタレに呪じゅちゅを発動させられて、死にかけて……そひたらあんらが助けてくれへ……ほの上、あんらを殺そうとしてたあらしを仲間にしようらなんて……バカ、ほんろうにバカよ……バァカ」

フィーナはそう言いながら自らの頭を猫のように擦り付けてくる。なんだかこそばゆい。っていうか、バカバカ言い過ぎだ。

「バカ過ぎて……嫌いになれないじゃないのよ……」

耳元で聞こえた呟きを最後に、フィーナは寝息を立てる。

熟睡(じゅくすい)しているその顔を確認し、俺はフィーナの呟きにそっと答える。

「嫌われるより好かれた方がいいんだけどな」

それから家に着くと、たまたま起きていたミーナと鉢合(はちあ)わせてしまい、体の匂(にお)いを嗅(か)がれたかと思えばジト目で睨まれてしまった。

今度行く時は自分も連れて行ってほしいとのこと。意外とお酒好きか？

そして翌日になるとフィーナは二日酔いの頭痛に悩まされており、昨晩のことは途中から記憶がないのだと言う。

帰り道の言葉が本音かどうか聞きたかったが、どちらにしても無理だろうと諦(あきら)めることにした。

第8話　摸擬戦(もぎせん)

・・・・・・中庭だった場所に、俺たちの通うコノハ学園の中等部と高等部の生徒が全員集まっていた。

この学園の中庭は、学園長ルビアと戦い、ノワールを召喚した場所……のはずなのだが、見渡す景色があの時と全く違っていた。

オブジェの配置が変わってる、とかだったらわかるが、スペースが以前より広くなっているのだ。

加えて、正方形のステージが三つ、横並びになっている。

「なぁ、なんかこの中庭、前と違くないか？」

誰かが答えてくれるだろうと思い、適当に問いかける。しかし答えたのはメアでもミーナでも、ましてやノワールやココア、ヘレナですらなかった。

「はい、ここは先生方の魔術で地形を変えてるんですの！」

「……アトリか」

ベアトリス・フィールド、通称アトリだった。

あの親衛隊襲撃（しゅうげき）騒動の後、嫉妬や敵意は感じなくなったが、代わりにアトリが俺たちの周りに付きまとうようになった。

最初は監視か何かだと思ったが、敵対する意思はないようだし仲良くする分には問題ないので一緒に行動している。

しかしアトリは、俺と一緒にいるメアや話しかけてくるアルニアを見る度（たび）にテンションが上がり過ぎて少し鬱陶しいし、たまに俺と目が合うと頬を赤らめて目を逸らすのがよくわからない。まあ、襲ってくることもないので放置しているのだが。

しばらく雑談してると、複数の教師がやってきた。俺のクラス担任のカルナーデ先生や、学園長のルビアもいる。

召喚術の授業を担当していた丸メガネ先生……あ、その丸メガネ先生の名前はラフというらしい。彼もいた。

学園長がマイクを持って一歩前に出る。あのマイク、線とか繋がってる様子がないけど、あれも魔道具ってやつか？

「諸君、よく集まってくれた。君たち生徒を集めたのは他でもない――このコノハ学園に通う、初等部を除く君たちで学内対抗模擬戦を行うからだ！」

学園長がそう高らかに宣言する。

……学内対抗模擬戦？

「諸君のほとんどは知ってると思うけど、もうすぐ武人祭が始まる。各国の学園の生徒が集って競い合うフェスティバルだ！　そこに僕らコノハ学園も参加する！　武人祭には『個人戦』と『集団戦』があるけど、今回は集団戦のルールで模擬戦を行おうと思う。そして今回の模擬戦で目を見張る活躍をした者には、武人祭の集団戦への出場権を与えようと思う！」

その言葉に周囲がざわめく。

中等部辺りの反応は薄いが、高等部からは「今回は俺が出てやるぜ！」「私だって！」などとやる気のある声が聞こえてきた。

そんな中、学園長が話を続ける。

「まず、中等部高等部を混ぜた五人のチームを組んでもらう。そしてそのチーム同士で戦ってもらい、制限時間以内に相手を全滅、もしくは自分たちより人数を減らせば勝利だ。しかし同じ人数で制限時間を生き残ってしまった場合は両チームを負けとし、次の対戦相手を不戦勝として勝ち上がらせる……というのが今回のルールだよ。それじゃ、チーム編成はクジ引きで決定するよ。さぁ、みんな、いくら今日一日時間を作ったとはいえ、これだけの人数だ。サクッと引いて準備を整えてくれ！」

やかましいほどにテンションが高い。

だが武人祭、か……つまり学園同士が技術や魔術で競う祭りか？

……当たり前なんだろうけど、ここ以外にも学園があるんだな。

生徒にくじを引かせながら、細かいルールの説明をしていく学園長。俺はそれを聞きながら、メアとミーナに話しかけていた。

「楽しそうだな」

「だろ？『祭』って付くくらいだから、みんなわくわくしてると思うぜ」

メアがニッと笑って答える。なんだ、全員戦闘民族か。

「だけど、アヤトとは敵になりたくないなぁ……」

「そうなのか？」

「だって……それで当たったら絶対勝ち目ねぇじゃん？」

俺もそこまで大人気(おとなげ)ないことはしないと思うが……

「そうだな……じゃあ、こうしよう。お前らが偶然でもかすり傷でも、一撃当てたら俺は退場しよう」

「マジか⁉」

メアが意外そうに驚く。ミーナは眉をひそめたままだが。

「無理」

そう一言だけ口にするミーナ。諦めるの早くない？

「偶然でもいいんだぞ？　例えば……たまたま無意識で蹴った小石が俺に当たるとか」

「無理。偶然の神様はすでに死んでいる」

お前はすでに死んでいるみたいに言うな。

「まぁ、一応これも修業の一つと考えとけ。魔族大陸には複数人で行くんだ。どの道、集団戦は慣れておいた方がいいしな」

「ん」

ミーナが小さく頷いたところで、クジ引きの順番が俺たちまで回ってきて、チーム編成が決まる。なぜか俺だけ最後に回されてしまったけど。

メアのチームは近接特化しかいない、高等部一年と中等部三年の生徒のみの編成だった。偏ってはいるけど、メアが何とかするだろう。ムードメーカー的な感じで。

ミーナのチームにはなんとアルニアがいる。それにアトリも。残りの二人は服装的に魔術師か。

かなり心強い仲間に魔術師が二人か。連携が肝となりそうな編成だが、ミーナたちなら大丈夫だろう。

……ん？　あれは……

そのミーナのチームの一人が気になった。

魔術師のローブにフードを深く被って姿は見えないが……まぁ、後でわかることか。

そしてノワール、ヘレナ、ココアの三人だが……あいつらは試合から除外するらしく、学園長に連れていかれてしまった。

まぁ、いくら学園の生徒になったとはいえ、亜人どころか魔族ですらないあの三人はダメだろう。

俺は一応人間だからということで参加させてもらったが、苦渋の決断であることがありありと伝わってくる学園長の表情を見て、大変申し訳無いと思った。ホントダヨ？

さて、俺のチームはというと……俺以外は中等部の一年で編成された最年少組チームとなった。

まだまともな剣術や魔法を扱えるわけもなさそうな子供たちが偶然集まってしまったらしい。

そのため、俺だけクジを引くことなく特別にそこに振り分けられた。学園長は最初っから、俺を調整用のメンバーとして考えていたみたいだな。

本来中等部一年が五人で構成されたところに、俺が組み込まれて六人となったというわけだ。他のチームから見たら、俺が入って十分なハンデということだろう。

合流したチームメンバーを見ると、もうすでに諦めているかのように意気消沈していた。特に一人は、絶望的な戦場に放り出された兵士みたいに生気を失った目をして薄笑いを浮かべている。

なんとなく気まずい雰囲気だったが、話さなければ何も進まないので俺から声をかけた。

「とりあえず自己紹介しようか。俺は高等部一年一組のアヤトだ」

声を掛けられて全員ハッと我に返り、俺に視線が集まる。

そのうちの一人が怪訝な顔で俺を見た。

「アヤト、先輩……？　どっかで聞いたことあるような……まぁ、いいか。俺は中等部一年一組のカイトです」

男にしてはサラサラと艶めいた赤い長髪に、黄緑色のつり目をした少年。この中で一番落ち込んでいた奴だ。目に生気が見られない。

「私も、中等部一年、一組のリナです……」

声が小さく、息継ぎをするように細かく区切る少女。黒髪で後ろ髪は肩までだが、前髪だけ異様に伸びて目を隠している。

弓と短剣を持っているが……そんな前髪で矢が中るのか問いたい。

「俺は中等部一年二組、サイです」

ゆっくりと、しかし力強い声で発言するそいつは、黒髪短髪のオールバックに垂れた細目をしている。

中学生くらいの年齢にしては体格がよく、大盾と大剣を使用しているようだった。しかしまだ筋肉が足りない。技術もない今の状態じゃあ、武器に振り回されるだけといったところだろう。

「中等部一年三組、メルト」

黄色の短髪で小さな赤いリボンを付けている少女。警戒心が強そうな、メアに負けず劣らずの鋭い目付きで睨んでくる。

武器は小さな杖とレイピア。遠距離と近距離に備えてのことだろうが、レイピアを選ぶとは珍しい。

「中等部一年三組リリス・アーリアですわ」

いかにもお嬢様が使いそうな『ですわ』口調のお嬢様風な少女。苗字があるって事は、やっぱこいつも貴族か。

金色に光る巨大なロール巻きが両サイドにある髪型に、自信に満ちたパッチリとした黄色い瞳。歳はまだ十二、三歳の筈だが、サイの次に身長が高く、胸も豊満に育っている。

武器は身の丈より大きい杖のみ。完全な魔術師志望のようだ。

「ああ、よろしく。それじゃあ、いつ出番が回ってきてもいいように作戦会議といくか」

「は？」

メルトと名乗った少女が目を見開き、女の子がしてはいけないんじゃないかってくらいの勢いでガン飛ばしてきた。怖っ!?

え、ちょっと待って？　なんで「作戦会議をしよう」って言っただけで睨まれなきゃいけないの？

するとカイトが割り込む。

「ちょ、いきなり先輩にそれはないんじゃ……」

弱気ながらも助け舟を出そうとしてくれるが、それじゃダメだろうなーと思う。

「うるさいわね！　男の癖に髪なんか長くして……きっもち悪！　そもそも私たち中等部に高等部の奴が一人加わっただけで勝てるわけないじゃない！　しかも三年ならまだしも一年よ!?　頭腐ってるの？　馬鹿なの？　死ぬの？」

おおう、見事な三拍子を食らわせたな……散々言われた本人は半泣きしちゃってるし。

「騒がしいですわよ？　まったく、これだからぺったんこ娘は……そんな短気だからまな板のままですのよ？」

カイトを庇うというよりもメルトの態度が気に食わないのか、リリスがそう言いながら、歳に似合わない自らの胸の下で腕を組み、挑発するように持ち上げて揺らす。

メルトはリリスの行動に、手を当てて自らの胸を見つめる。そしてその表情が次第に変わっていった。

だからダメだから。もうそれ女の子がしちゃいけない顔だから。

鬼のような形相っていうか、もう鬼そのものだから、それ。

ほら、そのリリスって子も「ひっ⁉」とか小さく悲鳴上げて怯えてんじゃん。

「性格と胸は関係ないでしょ？　それともまさか、あんたもこのチームで勝てると思ってるわけ？　もしそう思ってるんならその無駄な肉塊をもう少し空っぽな脳みそに回した方がいいんじゃない？」

メルトの挑発に、ひるんでいたリリスは気を取り直して反撃する。

「あ、あらあら、あなたこそ頭が足りないんじゃありません？　殿方とは単純な生き物……この体を見せてあげるだけで士気が上がるのですから！　……もっとも、あなたのその貧相な体では到底無理な話でしょうけれども」

強烈な口撃に、今度はメルトがひるむ。

「クッ……ハッ、流石貴族様！　自分の体を見世物にしてまで男に媚びようとする淫乱な雌豚だったなんてね！　平民の私にはとーてー真似できないわ！」

しかしメルトも負けじと、さらに強烈な一撃をお見舞いする。

「なっ……こ、この小娘！」

「何よ!?」

「おおっと一歩も引かない両者、ここで鍔迫り合いを始めるぅーっ！」

「「うるさいっ‼」」

メルトとリリスがお互いの頭をぶつけ合い始め、グルルルと獣のように唸る。俺が思わず心の中の実況を声に出してしまうと、二人が意気投合したように怒鳴ってきた。

「先輩、よくあの中に突っ込む勇気ありますね……」

未だに涙目のカイトがそう言いながら、俺の隣に座りこむ。

リナはまた言い争い始めた二人の近くで止めようとしているが、止める勇気もないといった感じで、ただオロオロしているだけだった。

サイは大樹の如くドッシリと構えている。

こんな状況でも動じてない、というか動かない……って、なんか寝てない？　こんな状況で寝るか、普通？

なんちゅう協調性のないチームだ……まさかメアよりも俺自身を心配するハメになるとはな。

とりあえず第一戦は俺たちではないということで、休憩室で待機している。

他の生徒たちが戦っている時は観戦していなくても、学園内にいればＯＫとのことだった。

本当は観戦して、他のチームの動き方を観察した方がいいんだが――

「チッ！」

「フンッ！」

その前に、このメルトとリリスの険悪な空気をどうにかしなければならない。

結局あれから二十分近く、罵り合いという名の会話をし続けていたので、俺が無理矢理ここへ連れてきた。

こんな状態で観戦して他チームの動きを見ても、どうせ自分勝手に解釈して、実際の試合でも勝手に行動して足引っ張り合って無駄に終わる、なんてのは目に見えている。

そして俺はこの模擬戦、メアとミーナ、ついでにアルニア以外には手を出さないようにすると決めていた。

多少は手助けするが、全部俺がやってしまってはあまりに圧倒的になってしまうだろうし、こいつらのためにならない。

とすると、こいつら自身が勝ち進まなければ俺がミーナたちと当たることはないのだ。

まあ、そうなったら少し口惜しく思うが、仕方がない。仕方ないのだが……

「はぁー……仲良いなお前ら」

「「どこが⁉　くっ……真似をするな！」」

セリフが完全に一致したのが気に食わなかったらしく、お互い顔を見合わせて唸りながら睨み合う。

喧嘩するほど……とは言うが、ここまでセリフがかぶると双子か何かじゃないかと思えてくる。

「とりあえず、こうして口ばっか動かしても勝てるはずないだろ？」

「はぁ？　会議がどうのこうの言い始めたのあんたじゃない！」

「誰が悪口言い合えっつった？」

「っ……！」

噛み付いてきたメルトにちょっと注意したつもりだったが、完全に萎縮してしまった。

やっぱり強気な奴でも、相手が年上だと怖がっちまうのかな？

「少しは抑えなさいな。その方の言う通り、少し冷静になって話し合いましょう」

おっ、意外とリリスがまともなことを言ってくれた。お兄さん嬉しいぞ。

「そう、だよ……少し落ち着こう？」

リナも同意しようと会話に入る。

しかしリリスは何かが気に入らないのか、眉をひそめてリナの方を見る。

「リナさん、と言いましたかしら……あなたはもう少し声を出した方がいいですわよ？」

「ふぇ⁉　ご、ごめんなさい……」

「ちょっと、リナを苛めないでよ！」

再びメルトが噛み付くような言い方で会話に入る。リナとメルトは仲がいいのか？

「苛めなんて人聞きの悪い。少しアドバイスして差し上げただけですわ」

「それが余計だって言ってるのよ！」

せっかく落ち着いてきたと思ったらまた爆弾が投下されてしまった。こいつらやる気あるのか……？

そう思っていると、カイトが再び立ち上がって止めに入る。

「おい、このままじゃ話が進まないだろ。アヤト先輩も何かいい案があるみたいだし、どの道負けるなら、やるだけやってみないか？」

カイトのファインプレーによって一旦会話が切れる。

負けるの前提っていうのは困りものだが。

「今はまだ出番じゃないが、その次の試合が俺たちだ。出番まではおそらく十分もないだろう。そんな短時間で、連携の取れる動きができるようになるわけがない」

「だから何？」

メルトは急かすようにそう言う。腕を組んで、かなりイライラしている様子だ。

元からイライラしていたが、俺の勿体ぶった言い方にさらにムカついたのかね。

「だから今は簡単な作戦を立てるだけにしようと思う。それでこの試合を勝つことができれば、その次は……という感じにしようと思う」

「何よ、結局何もできないじゃない」

「何もしないよりはマシな作戦だ、文句言うな」

「チッ……」

俺の言い方が気に食わなかったのか、舌打ちするメルト。

なんなの、この子？　カルシウム足りなさすぎでしょ……

「それで、その簡単な作戦とは？」

リリスが話を進めやすくしてくれた。

さっきのリナに対する問題発言でどうなることかと思ったが、意外とまともらしい。

「ああ、まずは――」

第9話　初陣

作戦会議を終え、俺たち六人は試合のために中庭に戻る。すると先程とは様子が変わっていた。

盛り上がったステージが三つ並んでいるのは変わらないが、それぞれを覆う結界が張られていたのだ。その中では、生徒たちが試合を行っていた。

結界は、俺とミランダとの決闘に使われたものと似たものらしく、結界の外への物理攻撃や魔法を遮断する効果があるようだ。

その結界に人が触った場合、自ら退場の意思がある場合はステージから降りることができ、相手の攻撃などで吹き飛ばされたりした場合だと壁代わりの役割を果たすのだとか。

下見のためにステージの周りを全員でグルッと一回りしていると、俺たちの対戦相手らしきチームと鉢合わせした。

相手は魔術師三人、剣を持った剣士と斧を持った戦士が一人ずつで構成されている。服の模様と色からして、全員高等部の二年だ。

俺たちを見付けたそのチームの中から、剣士の男が前に出てきた。

金髪にいやらしい目付きをしたそいつは、ニヤニヤしながら近付いてくる。

「おいおいおい、高等部の一年が一人いるだけでガキが五人じゃあねぇか！　運がねぇなあ……ま、それは俺たちにも言えることだが」

突然挑発気味に話しかけてくる金髪男。

「……何が言いたいんですの？」

リリスが俺の横に並び、低い声で問いかけた。下に見られて腹が立っているらしい。

そんなリリスの体を、相手チームは下卑た目でジロジロと見ていた。

こういう奴らが将来、チンピラや盗賊になるんだろうなと思う。というか、すでにその片鱗が見えている。

「こんな雑魚共じゃ運動にもなりゃしねえってことだ。今の内に降参しとけよ。俺たちは手加減できるほど優しい先輩じゃねえぜ？」

「そうか。あ、そろそろ試合が始まるぞ。先輩」

「チッ、ちったぁ敬語使ったらどうなんだよ、クソ後輩」

金髪男は俺の足元に唾を吐いて元の位置に戻る。

振り返ると、メルトとリリスが俺と相手チームを睨んでいた。

他の奴らはしょうがないといった感じに目を逸らしている。

「ちょっと、何いいように言わせてんの!?　少しは言い返しなさいよ！」

「この小娘と同じ意見なのは気に入りませんが、同意致しますわ！　あそこまで言われて悔しくありませんの？」

メルトは今にも相手チームに食ってかかって行きそうな様子で、リリスは怒りを通り越して呆れた表情を見せていた。

「いや、全く？　むしろあそこまで見下してくれると嬉しいね」

「……特殊な性癖をお持ちですの？」

リリスのそのツッコミに、メルトが一歩引いた。

「違うから……油断してるならやりやすいってだけだ。さっきお前たちに話しただろ？　あれだけ実践すれば、きっとあいつらに勝てるぞ」

「ほ、本当に……？」

体を震わせながら聞いてきたリナに「ああ」と自信を持って頷く。

「先輩。でも、もし……」

するとカイトが不安げに何か言いたそうだった。

その自信の無さに呆れて溜息を吐く。

「『でも』とか『もし』っていう不測の事態になったら、自分の力を信じて対応しろ。本当にどうにもならない状況になれば俺がなんとかしてやるからよ」

「「は、はい！」」

カイトとリナが元気よく返事をしてくれる。俺の言葉で、多少は元気付けることができたようだ。

時間になり、お互いのチームがステージに上がる。

ステージは俺とミランダが戦った闘技場と同じ程度の大きさで、十人前後で戦うには丁度いい。

向かい側にはさっきのチンピラチームがいる。

「棄権しなかったことを後悔させてやるよ。てめぇらみたいな雑魚は俺たちの踏み台にしかならないんだから、せいぜい怪我して泣くなよ？」

罵詈雑言を吐く男の言葉を無視し、試合開始の合図を待つ。

後ろのメルトとリリスは今にも飛び掛かりそうなほど、額に青い筋を浮かべているが、ここは我慢してもらう。

すると教師の男がステージの側面に出てきた。この人が開始の合図をするようだ。

「これから両チームの対抗模擬戦を始める。それぞれ位置について……」

それぞれが、事前に打ち合わせしておいた配置につく。

前衛にカイト、サイ。中衛に俺。後衛にメルト、リリス、リナ。

相手チームは、金髪の剣士と斧の男が前衛、魔術師たちが後衛とオーソドックスな布陣だ。

教師の合図を待つ一瞬、前後から緊張が伝わってくる。

そして――

「始めっ！」

「死ねやぁぁぁっ！」

合図と共に金髪男と斧を持った戦士が突っ込んできて、その後ろの魔術師たちは詠唱を始めた。

スタートダッシュが大事ってのはわかってるな。しかしそれは、あくまでも基本にすぎない。

「リナ、今だ」

俺の掛け声と共にリナが矢を放つと、俺たちと相手の前衛を素早くすり抜け、相手の魔術師の一人の心臓部に中った。

「なっ⁉」

相手のチームの魔術師たちから驚きの声が上がり、突っ込んできていた男たちも振り返ってその状態を確認する。

矢が中った魔術師の腕にはめられていた腕輪から、ブザー音が鳴る。

俺たちもはめているこの腕輪は、チーム分けの際に学園から配られた特殊なものだ。

結界が張られている試合中に与えられたほとんどのダメージを無効化し、そしてある一定以上のダメージでブザーが鳴るように設計されている。

ブザーが鳴った腕輪の持ち主は失格となり、そのステージから退場しなくてはならない、というルールだ。

射られた矢がポトリと落ち、失格となった魔術師はトボトボと退場した。

この試合の前の話し合いで、各自の得意な戦い方を教えてもらったのだが、その時にリナが弓を百発百中させられると申告してきた。

だったらそんな奴を作戦に組み込まない手はない。

一応プレッシャーをかけすぎないように、牽制になれば十分だとは言っていたのだが、結果として本当に命中させて一人減らしてくれた。

「てめえ、やりやがったな⁉」

「ひっ⁉」

金髪男の怒号に驚き、リナは引け腰で一歩下がる。

激怒した金髪男が彼女の下へ向かおうとするが、カイトがその行く手を阻む。

「悪いけど、ここは通行禁止だ……引き返せよ、先輩！」

さっきまでオドオドしてたのが嘘のように、堂々とした姿を見せるカイト。

相手チームの挑発には多少なりともムカついていたのだろう、先輩相手でも敬語じゃなくなっている。

「クソっ！　だったらまずはてめえを先に片付けてやるよ、雑魚が！」

まさか立ち塞がられるとは思っていなかったのか、焦りが見える金髪男。

金髪男が振った剣をカイトが受け止め、鍔迫り合いを始める。

その横では、サイが斧を持った戦士の攻撃を盾で受けて凌いでいた。

「クッ！　こいつ、武器を持ってないと思ったら……時間稼ぎのつもりか⁉」

「……ふんっ！」

サイは気合を入れて、戦士の男の攻撃を一つ一つ確実に防いでいる。

そう、サイには装備を盾のみにしてもらった。攻撃手段を持たなければ、攻めるか守るか迷うことなく、受けだけに徹することができる。いくらトータルのスペックが劣っていても、時間稼ぎにはなるはずだ。

しかしサイの表情には苦痛が浮かんできていた。

「あまり持ちません、早く……！」

……らしい。やはり防御に絞っても不利か。

このままじゃ近いうちに防ぎきれなくなって、ダメージを食らってしまうだろう。その前に――

「待たせたわね！」

「詠唱、終わりましたわ！」

開始時点から魔法を構成していたメルトとリリスの準備が終わったようだ。

そしてメルトは風の魔法を、リリスは火の魔法を同時に放つ。

しかしそれは、何もない場所へ向かって放たれていた。

「どこ狙ってやがる！　まさかビビって手元が狂ったか？　それとも頭が――」

「そんなに気になるなら行ってこいよ！」

そう言ってカイトは鍔迫り合いしていた相手の剣を受け流す。そしてそのまま、体勢の崩れた剣士の服を掴み風の魔法が飛んでくる方向へ投げ飛ばした。

「それでは俺も失礼して……」

「な、何!?」

サイもまた、盾を構えたまま体当たりして相手の体勢を崩し、カイトと同じく火の魔法が放たれた先へ戦士を投げ飛ばした。

カイトに比べるとかなり無理矢理な方法だったが、体が大きいサイならではのやり方だ。

金髪男と戦士は二人共、放たれた魔法に見事直撃され、同時にブザーが鳴る。

「「やった！」」

メルトとリリスは歓喜の声を上げてお互い抱き合い、カイトとサイもお互いにハイタッチする。

だがその喜びに浸っている最中、火と水の槍がカイトたちの上でいくつも構成される。

そしてそのまま、雨のように降り注いできた。

そう、相手の魔術師二人はまだ健在なのだ。

「言っただろ、試合が終わるまで気を抜くなと！」

俺は即座に、降り注いできた魔術を確認すると、同じ物量の火と水の槍を下からぶつけるように放ち、全て相殺した。

途端、あたりに轟音が鳴り響く。

「「っ⁉」」

相手の魔術師はもちろんのこと、カイトたちも突然の轟音に驚き、硬直してしまう。

「惚けてないで、やれ！」

俺が活を入れるも、その場にいたほぼ全員が、何が起きたか理解できずに立ち尽くしていた。

唖然とするカイトたちだったが、その中でただ一人、反応して動いた者がいた。

リナだ。いつもオドオドしている彼女とは別人のように弓を構え、即座に矢を放つ。

「ぐあぁぁ⁉」

見事一人に命中。残りは一人となり、ようやく状況を理解したカイトが、その魔術師に向かって走り出して斬りつけた。

そいつのブザーも鳴り、俺たちは勝利した。

「やった、今度こそ……勝ったぞぉぉぉ」

喜びのあまり叫んだカイトの声を合図に、教師が試合終了を告げる。

次の瞬間、試合を見ていた生徒たちから、カイトに呼応するように歓声が上がる。

そんな中、不審な影がゆらりと立ち上がった。

「ふざけ、やがって……！　俺はこんなの認めねえっ！」

ブザーが鳴ってからさっきまで呆然としていた金髪男が立ち上がり、剣を振り上げてリナの方へ駆けていく。

歓声にかき消されているのか、カイトたちの耳には金髪男の声が届いていないらしく、襲いかかってきたことに気付いていない。

しょうがないから俺が相手を……と思ったのだが、その前にこちらにも金髪男の行動に気付いた者が一人。

「死ねぇぇぇぇ――――がっ⁉」

叫びながら突進してきた金髪男の顔面に、リリスが飛び膝蹴りをお見舞いした。

蹴りが直撃した金髪男は数回転地面を転がった後、完全に気絶してしまった。

試合が終了した今は結界が消えていたので、そのダメージは無効化されないのである。

「ナイス、飛び膝蹴り」

俺がそう言って近付くと、リリスは黙って片手を挙げる。

一瞬何がしたいんだろうと思ったが、そういえばさっきカイトとサイがハイタッチしていたのを思い出す。

やりたかったんだなと思って、その手に手を当ててやった。

「当然です。これでも私、試合前のことを怒っているのですから」

試合前、というのはバカにされたことか、それとも自らの体を下衆な目で見られたことか、もしくは両方か。

どちらにしろ、怒ってるからって理由で飛び膝蹴りを繰り出す少女というのもまた凄い。

そんなリリスの発言に、思わず笑いが堪えきれなかった。

「プッ、ククク……」

「何がおかしいんですの？」

そう言うリリス自身もわかって聞いているのか、ぷっくりと頬を膨らませていた。その顔は年齢相応の可愛らしい女の子そのものだ。

「いや？　ただ怒りが我慢できなかったからって、口より先に手が出るお転婆な貴族様もいたんだなと思ってな……いや、そういやうちにもお転婆姫がいたな」

華々しい服を着ていなければ王族と思われることさえなさそうな姫様が一匹。俺が言っているのが誰のことかわかっていない様子のリリスは首を傾げるが、そのまま言葉を続ける。

「たしかに淑女(しゅくじょ)としては、してはならない行為ですが……やはり殿方はこういう女性は好まれないのでしょうか？」

心配そうにこちらの表情を窺うリリス。

体を見せれば～とか、男なんて単純～なんて言っていたが、ここら辺は女の子らしい。

「一般的な意見は知らんが、少なくとも俺はお前みたいなタイプは好きだよ」

軽く笑いながらそう答えると、リリスの顔が真っ赤に染まる。

「すっ⁉　……そ、そうですか！　やはり殿方は性格がどうであれ、魅力的な体を持つ女性には惹かれるようですわね！」

「いや、体の話はしてない。というか、男女の話はしてない。『貴族にしてはいい性格をしてる』ってだけだから」

ドヤ顔をしているリリスにそう言ってやると、「え？」と言って真顔で振り向いてきた。

初めて会った時のミランダみたいなのは勘弁だが、こいつみたいに年とか関係なくムカつく相手の顔面に蹴りを入れるような貴族様となら、仲良くできそうだ。

試合を終えた俺たちはステージから降り、しばらく勝利の余韻(よいん)に浸っていた。

「先輩！　本当に……本当に勝っちゃいましたよ！」

余程嬉しかったのか、さっきまでの絶望した顔が嘘のように、満面の笑みを俺に向けてくるカイト。

そのあまりの喜びように、犬のようにブンブンと振られる尻尾が見えたような気がした。

リナも嬉しいらしく、「エヘヘ……」と口元がニヤけている。

「ま、あの人たちが弱かったんだからこれくらい当然よね！」

すると、メルトが調子に乗ったことを言い始めた。

勝利に喜ぶだけならまだしも、それは流石に図に乗り過ぎだと少し注意しようかと思ったが、俺より先にリリスが動いた。

「メルトさん、あの方たちは弱くはありませんでしたわ。現に、このアヤト様があの魔術師の攻撃を防いでくださらなかったら、今頃負けていたのは私たちの方ですし……」

「わ、わかってるわよ、そんなこと……あんたには感謝しとくわ。一応ね！」

リリスに諭（さと）されて渋々お礼を言うものの、『本当は感謝なんてしたくないけど』とでも言わんばかりに『一応』を強調してくるメルト。

そしてさらに言葉を続けた。

「でも、今の私たちなら優勝……いえ、武人祭だっていけるわ！」

その言葉に、俺は思わず眉をピクリと動かす。

「ま、まぁ、たしかに。今回は油断してしまいましたが、それさえ気を付ければ結構よいところまでいけるのでは……？」

リリスも浮かれているのか、メルトに同調し始めてしまった。

マズいな、これは。

これをなんと言ったか……フラグだったか？　死亡フラグだか負けフラグだかが立ちそうな気がする。

迷信っぽいが、意外にああいうのはバカにできない。

実際元の世界にいた時に、友人から教わった死亡フラグを言葉に出してみたことがあるのだが、凄まじい効果が出たのだ。

例えば、山では崖崩れや雪崩が起きたり、海ではサメの大群や津波が押し寄せてきたり。街中でも鉄骨が落ちてきたり、達人が襲いかかってきたりなど。

普段巻き込まれていたトラブルは大きいもの小さいもので落差があったのだが、フラグを立てた時に限っては、大きいもの――一般人なら致死レベルのトラブルばかりが襲いかかってきていた。

まぁ、それは実際は死亡フラグなんか関係なく、『悪魔の呪い』のせいで起こった出来事だったのだろう。

だが、そんなものを知らない当時の俺からしたら、死亡フラグを口にすることは、軽いトラウマのようなものになっていた。

とにかく、こいつらが模擬戦で死ぬようなことはないとしても、このままであればどちらにしろ近いうちに負けるのは目に見えている。

ならばどうするか……

少し強引になるが、いくつかある手段の一つを取るしかない。

「なぁ、次の試合までもう少し時間がある。俺にちょっと付き合ってくれないか？」

第10話　魔空間

それからしばらくカイトたちを連れて歩き、俺たちは中等部の教室前へと辿り着いた。

中等部一年一組と書かれたプレートが上に貼られているので、ここはカイトとリナの教室だろう。

「ここって俺たちの教室ですよね？　ここで何かするんですか？」

不安そうな表情でカイトが聞いてくる。他の奴らも似た表情を浮かべていた。

「まぁ、するっちゃするな。中等部を選んだ理由としては、高等部より人目が少ないからだ」

「人目が……？　ま、まさか私たちにいやらしいことをするんじゃないでしょうね⁉」

メルトが自分の身を守るように抱き締めながら、突然そんなことを言い出す。

ホントなんなんだろ、こいつ。一回ビンタしてやろうか……？

するとリリスが元気のない引きつった笑みを浮かべる。

「フ、フフフ……私の体に反応しない殿方が、あなたのような貧相な胸に発情するはずないでしょうに……」

「うるさいわね！　そんなことわからないでしょ……って、なんであんた泣いてんの？」

リリスの目からは一筋の涙が流れ出ていた。

自分の体に相当自信があったらしい。でも俺、そんな自信を挫くようなことしたっけ？

とまぁ、雑談はそこそこに話を本題に戻す。

「とりあえず、目的の場所はこの扉の先だが……その前に約束してくれ。これから起こることを、誰にも喋らないと。それが無理なら引き返してくれ」

「は？　ここまで連れてきて、今それ言うの？」

イライラした様子でメルトが眉をひそめる。

たしかに何も言わずに連れてきた俺も悪かったか……

「じゃあ、言い方を変える。ここから先の出来事は他言無用だ。たとえ親家族でもだ」

「言ってしまったらどうすると言うのですか？」

リリスが興味本位であろう質問をする。

適当に「殺すぞ！」なんて脅すわけにはいかないし、そうだな……

「さあな。ただここから先の出来事を目にすれば、口を滑らせたらどうなるかってのは簡単に想像がつくようになるんじゃないか？」

俺はそう言って教室の扉を開ける。

そこは――先が何も見えない黒い空間になっていた。

「「……っ⁉」」

その異様な光景に、カイトたちは後ずさりする。

「そんなに驚いてどうしたんだ？」

俺は自分でもわかるくらいにいやらしく笑って問いかけた。

何に驚いているのかなど明白だが、こいつらの反応を見て少しからかいたくなってしまったのだ。

それに対して、何が起きてるかわからないカイトたちは、驚愕の表情を浮かべたまま俺の方へと視線を向ける。

「な、によ……これ？　教室はどこにいったの？」

「教室はそのままだぞ？」

「嘘よ！　だってこんな何もないなんて……」

「暗くて見えないってだけで、ちゃんとこの向こうはあるさ」

俺は「ほら」と言って暗闇の中に手を伸ばす。

するとその手の先が呑み込まれて消えてしまい、リナやリリスから小さく悲鳴が上がる。

無事を確認するために腕を引き抜き、手を握ったり開いたりして見せる。

「な？　大丈夫だったろ？」

「「……」」

しかしそれを見せてもカイトたちは唖然として固まったままになっていた。

驚くのも無理はないとは思うが、思考放棄されて話が進まないのはなんともな……

「じゃ、俺は先に入ってるから、心の準備ができたら来てくれ」

そう言って俺は先に入る。こいつらが逃げ出さないことを祈って。


暗闇を抜けた先の景色は教室とは全く違い、建物の中どころか草原へと変わっていた。

少し遠くに森林が見えるくらいで、辺りは丈の短い草だらけになっていて、殺風景と言えるほどに何もなかった。

俺が改めて辺りを見回していると、後ろから足音が聞こえてくる。

振り返ったそこは、ココアが俺を精霊界へ招こうとした時のように、空間が黒く裂けている。

そしてそこから、カイトたち全員が緊張した面持ちで出てくる——いや、正確には入ってきた、が正しいか。裂けていた空間は、カイトたちの背後でゆっくりと閉じていった。

どちらにしろ、逃げずにここに来たことを褒めてやりたいね。

「ようこそ、『魔空間』へ。お前らが腰抜けでなくて助かったよ」

そう言ってカイトたちを歓迎する。

『魔空間』……元々は空間魔術と呼ばれるものであり、これも一応魔術の一つ、らしい。

前に俺がノワールと手合わせをした際にあいつが使っていたものを教えてもらったのだ。

空間魔術とは、魔法適性が六属性以上なければ使えない代物らしい。しかも使用するにはかなりの魔力が必要となり、乱用すればノワールでもキツいほどだそうだ。

しかしその魔力消費量の膨大さを補って余りあるほどに、魅力的な効果を持っている。

一つ目は収納機能。重さや大きさなどは関係なく物を出し入れできる。食材などを入れても他と混ざらず、時間が停止するので腐らせる心配がない。

この効果は、他と比べれば比較的魔力の消費量は少ないらしい。

二つ目は移動、転移。俺が今使ったように、空間を裂いて任意の場所へ繋げるという効果だ。

これも便利なのだが、制限があって、一度訪れた場所でなければ繋ぐことができない。

そして繋げる距離や開ける大きさなどによって、魔力消費量が変わってくるらしい。

また、この能力を使っている間は、普通の属性魔法・魔術が使えなくなるというデメリットもある。

最後に、この魔空間。これは空間魔術で創ることのできる空間で、ある意味ではもう一つの異世界と呼べるだろう。

ここの広さは発動者の魔力量に比例して大きくなるそうだ。ノワールと戦ったのはあいつの創った魔空間だったのだが、ここまで広くはなかった。

また、環境や景色もここは全く違っていた。そのことをノワールに尋ねてみたのだが、どうやらそれらは全てその人物によって固定されているらしい。

しかも、それも自由に決められるわけではなく、魔空間を創る時に勝手に決められるそうで、どうしてこの景色になったのかはわからないとのことだった。

ただここは……どこか地球を思い出す懐かしい景色に思えた。

ちなみに、この魔空間内に住むことも可能だ。

そんな場所にやってきたカイトたちは相変わらず驚きの表情で固まったまま、辺りを見渡しながら恐る恐る俺の方へと歩いてきた。

「先輩、ここって……」

「簡単に言えば、学園の中庭で使われてる技術に似たもんだな」

中庭の方で実際どんな魔術が使われているかは知らないが、おそらく似たようなものだろう。

「そんでもって、お前たちの特訓場所でもある。次の対戦相手との勝負まで少なくともまだ二時間はあるから、その間に少しでもお前らを鍛えようと思ってな」

「……はぁ？」

俺の発言に腹が立ったのか、メルトが今までよりも低い声で威圧してくる。もはや殺気すら感じるようなその雰囲気に、横にいるカイトが怯えていた。完全に子犬のそれである。

そしてメルトは言葉を続ける。

「鍛えてやるですって？　何様のつもりよ、あんた？」

年上相手に敬語を使わないどころか睨んでくるお前に言われたくないんだけどなー……とまぁ、ここら辺は正直に言っておくか。

「お前らこそ何様だ？　相手が高等部だったからといって、一回戦を勝っただけで、何妄言吐いてんだ？」

「「「「っ……！」」」」

俺の言葉に驚いた表情を浮かべる奴もいれば、悔しそうに俯く奴もいた。

しかし俺は言葉を続ける。

「これであと二、三組ならまだわかるし、希望はあるだろう……だが参加してる人数はどれだけいる？　その中で俺たちと当たる組はいくつある？　それに次の試合までに消費した体力や魔力はどれだけ回復する？」

俺が次々と問いかける中、メルトは悔しそうに下唇を噛み、リリスは「それは……その……」と口ごもっていた。

カイト、リナ、サイも反論する気などないらしく、諦めた表情で黙っていた。

「……さっきの試合で俺が特別何かしたってわけじゃないから強く言えないが、お前らの今の実力じゃあ、優勝は無理だ」

「だったら……だったらあんたが何とかすればいいでしょ!?　強いんでしょ？　自信があるんでしょ？　ならあんたが一人で勝てばいいじゃない！　あたしたちみたいな足手纏いは囮にでも盾にでもして、あんたがみんなやっつけちゃいなさいよ‼　はぁ……はぁ……」

言いたいことをまくし立てて言い切り、息切れを起こしながら俺を睨むメルト。

たしかにその理屈は間違いじゃないが……やっぱり押し付けがましかっただろうか？

そしてまだ言いたいことがあるらしく、メルトが口を開く。

「大体……そういうあんたは本当に強いの？　高等部の先輩だからって偉ぶってるだけじゃないでしょうね？」

「お、おい……！」

メルトの疑いの言葉に、カイトが思わず止めようとする。

そうだったな、説得するにはまず、多少なりとも実力を見せる必要があるか。

「わかった、じゃあ……お前のそのレイピアを貸してくれないか？」

「な、なんで私のを……あんたこの武器使えるの？」

「一通りの武器は使える。だからその強さの証明をするために、わかりやすく実践しようかと思ってな」

そう言うと渋々といった感じでレイピアを渡してきた。

渡される際にメルトから「壊したら殺すから」なんて呟かれ、相当大事にしてるんだなと感じる。

……それが単に俺が嫌いだからなんて理由じゃないことを祈っておく。

「それで？　何を実践してくれるっての？」

実に機嫌が悪そうに腕を組み、聞いてくるメルト。

「そうだな……あの岩にするか」

「「……はい？」」

カイトたち全員の声が重なる。

俺が見る先には車一台分の大きさがある岩があり、それに近付いた俺はレイピアを構える。

「え、ちょ……バカバカバカ！　何しようとして――」

俺の行動を見て青ざめたメルトが走って止めに来ようとするが、すでに遅い。

ボコンッ！

「――るのよ……え？」

俺の服を掴んで怒号を飛ばそうとしたメルトだったが、妙な音がした方に顔を向けると、目を見開いて固まってしまった。

そこには、まるでドリルを使ったかのような、直径二十センチくらいの綺麗な穴が開いていたからだ。

穴は貫通しており、向こうの景色が見えてしまっている。

「今、何を……したんですか……？」

カイトが一番に聞いてくる。

その表情からは理解が追い付いてないのが容易に読み取れた。

「簡単だ、このレイピアであの岩に穴を開けた」

「う、嘘……そんなのありえないわ⁉」

メルトが叫び、そこにリリスも同意して前に出る。

「ええ、そうです！　そんな細剣で岩に穴を？　そんなはずありません！　事前に何か仕込んだんでしょ⁉」

なんでお前らはこういう時に意気投合するかな……

とりあえず、黙ってもらうか。

騒ぐリリスの横を掠めるようにレイピアを打ち込み、十メートル離れた奥の木に風穴を開けた。

その瞬間、二人が静かになり、ブリキのおもちゃのようなぎこちない動きで後ろを振り向く。

「う……あぁ……」

「どうだ？　気持ちいい風だったろ？　今のは魔法とか魔術じゃないし、仮に魔術だったとしても、岩とか離れた木を貫通させるだけの力があるって理解してくれたか？」

「「「「……」」」」

リリスは呻くような声しか出せず、メルトやカイトたちは無言でその開いた風穴を見つめていた。

するとカイトが何かを思い出したかのように、バッと俺の方を振り返る。

「もし、かして……アヤト先輩ってミランダ・ワークラフトと決闘して勝利したっていう、あの人ですか⁉」

カイトが気付くと他の奴らも俺に視線を向ける。

リリスなんて今までで一番目を丸くして、アホ面を晒してしまってる。

「あなたが……ミランダ様を卑怯な手で負かしたという……？」

「ミランダ『様』ぁ？　おいおい、お前もアイツのファンなのかよ。まさかとは思うが、あの妙な親衛隊に入ってるとかじゃねぇだろうな」

「あー……もしかしてあなたが会長の言っていた不届き者でしたか？」

「不届き者」というリリスの言葉に若干イラッとする。

あの襲撃事件で、俺がメアの護衛だって話は親衛隊とやらのメンバーに伝わってるんじゃないのかよ。

「誰が不届き者だよ。勝手に目の敵扱いして殴ってくるわ魔法撃ってくるわ……あいつらの方が不届きしてんじゃねえか」

リリスは気まずさからか、苦笑いを浮かべる。

「お前がどんな話を聞いたかは知らんが、ミランダをボコボコにしたってのは事実だ……言っとくが、俺は殺しにかかってくる相手には、それが女子供だからといって、容赦しないからな」

俺の顔を見た全員が苛つきを感じ取ったのか、怯えた表情を浮かべる。カイトにいたっては半泣きになっていた。

「まぁ、実力云々は見ての通りだ。少なくともミランダが相手にならないくらいではある」

「あの人ってたしかＳＳランク冒険者ですよね？　そんな人が相手にならないって一体……」

怯えた表情のまま、カイトがオドオドと聞いてくる。

「さぁ、どうだろうな？　ただ――」

「「「「っ⁉」」」」

俺は言葉を切り、ここにいる全員を威圧する。

すると全員が、まるで重力を加えられたかのように膝と手を突いた。

その中でもカイトが異様に綺麗な土下座になっているところをツッコんでいいものか……。

しかしまあ、威圧だけでこうなってしまう貧弱さには驚かされる。

たしかに強めに威圧したたし、こいつらはまだ中学生だ。だがそれを考慮しても、ちと弱過ぎるんじゃないかと思えてくる。

普通の大人だってビビって動けなくなる程度なんだが……ってあれ、それ中学生相手じゃダメじゃね？

ま、いいや。

どちらにしろ、模擬戦とはいえ斬る斬られるの世界なのに、この程度で動けなくなってたんじゃどうしようもないしな。今のうちに慣れさせてやりたい。

そして俺は威圧するのをやめると、不敵な笑みを作って言葉を続ける。

「少なくともこの学園の奴らには、負ける気がしねえな」

……あ、これ他の奴らから見たら悪役だわ。

一方でカイトたちの反応はどうかと窺うと……

「お？」

突然矢が飛んできたので、肩に当たる直前で掴み取る。

「そんなっ⁉」

その声を上げたのはリナだった。そう、矢を放ったのは彼女だ。

前髪で目が隠れているせいで口元だけしか見えないが、ポカンと開いた口が塞がっていないことからも、驚いているのは一目瞭然だった。

自信のあった奇襲に反応されたからか、それとも矢を素手で掴み取られたからか。

どちらにしろ、これも実力を証明する一つの材料となるだろう。

「凄いな、リナ。他のやつらと違って勇気がある……だけど狙うなら頭の方がいいぞ？　肩なんざ中っても致命傷になりにくい。あ、右肩を使い物にならなくするってアイディアはいいがな」

「は、はぁ……？」

リナがあからさまに困惑した様子で返答をする。と言っても、俺も正直驚いていた。

一番気が弱いと思っていたリナが、直前まで威圧されていた中で、誰よりも先に立ち上がって弓を構えて放ったのだから。

普段の性格は演技……ってわけでもないようだが、いざって時は率先して行動できる度量があるらしい。

「それにしてもよくわかったじゃないか？　威圧が消えた直後の今、この場で攻撃すべきだって」

「アヤトさ……先輩は、私たちを鍛える、って言ってました、から……多分、これもその一つかなって……」

「正解だ。弓の才能もあるし、結構優秀だな、リナは。それと別に呼び方はあんま気にしないから好きに呼んでいいぞ……変態とか最低野郎とか悪口じゃなければな」

後半のセリフはメルトを見て言う。すでに威圧を消しているので、余裕のできたメルトは「何よ?」と睨み返してくる。

「さ、話はここまでだ。次の試合時間に間に合わせるために、お前らには作戦とその立ち回りを教える。俺も目的があるから、せめてそこまでは勝ち上がってもらえるようにするぞ」

俺がニッと笑ってそう言うと、ほとんどの奴が呆然とする中、カイトだけは「マジですか」と言って苦笑いで返した。

第11話　嫌われていても

　模擬戦のチーム分けを終えてアヤト、メアと別れた私は、アルニアをはじめとした同じチームの人たちと一緒に、他チームの試合を観戦していた。

　そして今、丁度アヤトの試合が終わったところだった。

「ミーナさん、今の試合は凄かったね……相手チームが放った魔術を、構成、形状、威力、数の全てをあの一瞬で解析(かいせき)して、即座に複製を作って、しかも無詠唱で相殺しちゃった。あんな芸当ができるのはアヤト君だけだよ。彼に鍛えてもらってるミーナさんも、いずれあんなことができるようになっちゃうのかな？」

　アルニアが冗談っぽい感じで私に話しかけてきた。

「私がアヤトと同じことを？　絶対無理。そもそも私の魔法適性、風しかない」

「あ、そっか……でも、なぜかできるようになりそうだから不思議だよね」

「……肉体改造させられる？」

　アヤトは今は『軽く』鍛えているだけだと言っていたけれど、本格的に教えてもらうようになったら、とんでもない肉体改造をさせられる可能性もあって嫌。

そんな話をしている私たちのところに、ベアトリス・フィールドがやってきた。周りからアトリと呼ばれる彼女は、さっきからずっと何やらそわそわしている様子だったけれど、覚悟を決めたようだ。

「あ、アルニア様！　ご、ご機嫌麗しゅっ……」

噛んだ。

たしかアヤトから聞いた話だと、彼女はこのアルニアと、この場にはいないメアに崇めるくらいの好意を持っているとか……緊張してる？

「ああ、フィールドさん、おはよう。今まであまり話したことはなかったけど、君のことはアヤト君から聞いてるよ。僕たちのファンって言われた時は恥ずかしかったけど……ありがとう！」

アルニアがそう言ってアトリに微笑みかける。

彼女の笑顔は、女の子とは思えないほどにイケメンだった。そしてその笑顔を向けられたアトリは、顔を真っ赤にしてしまう。

「な、なんというありがたいお言葉を……私のことはアトリとお呼びくださいませんか、アルニア様？」

「そういえばアヤト君もそう呼んでたね。わかったよ、アトリさん」

名前を呼ばれたアトリは、嬉しそうな悲鳴を上げて地面を転がりまくった。

軽く狂気を感じる行動を平然とやってしまう辺り、アヤトを襲うなんて無茶をしそうというのがよくわかった。

しばらくしてアトリが立ち上がり、話が一旦落ち着いたところで、チームメンバーの一人が近付いてきた。

体を覆い隠すほどに長い、いかにも魔術師っぽいフードつきのローブを着た、天然パーマの茶髪をした男。

その垂れた目で、疎むような視線を私へと向けてくる。

あ、多分この人、亜人嫌いだ。

「アルニアさん、なぜ亜人などと仲良くしているのですか？」

「……何かおかしいかな？」

私が想像していた通りな男の言葉に、アルニアの雰囲気が少しだけピリピリしたものへと変わる。

いつもは柔らかい雰囲気なアルニアだけれども、その威圧するような雰囲気はミランダさんに似ている辺り、さすが姉妹と言える。

アルニアが凄むと男はひるんで一歩下がったけど、なんとか踏み止まる。

「ええ、そんな獣臭い種族と仲良しこよしなんて、理解に苦しみます」

「そう……理解なんてしてもらおうなんて思ってないよ。ただ、そんなどうでもいい言いがかりで彼女を困らせないでくれるかな？」

アルニアはそう言って、庇うように私の前に出る。

差別なんて慣れてるから別にいいのに……と思うのと同時に、やはり嬉しく思えてしまう。

するとアトリも、アルニアの横に並んで男と相対した。

「あなた、無礼ですわよ！　この方を誰だと……」

「知っているさ。ワークラフト家の貴族様でSSランク冒険者ミランダさんの妹君だろう？　そして君のことも知っているさ、同じく貴族様のベアトリス・フィールドさん？」

「知っていてそのような無礼な態度を？」

『無礼な態度』、そう言われて男は皮肉気味に鼻で笑う。

「俺はあくまで学友として接しているに過ぎない。それに、この学園で権力を振りかざしても意味がないのは知っているだろう？」

「そ、それは……！」

男の言葉で旗色（はたいろ）が悪くなったように、アトリが口ごもる。

男の言った通り、この学園内では権力は意味を成さない。

仮に「貴族である自分の言うことを聞かなければ退学にしてやる」などと脅しても、それ相応の理由がなければ実行できない。もっともそれは、『学園にいる限り権力から守ってもらえる』というだけであって、学外に出れば何をされるかはわからないのだが。

ただそれでも、この人は動じないらしい。

そんな彼の様子を見て、アルニアがアトリの言葉を引きつぐ。

「そうだね、ただの学友相手に権力を振りかざしたりはしないさ。でも、僕の友人を貶めることもしてほしくない……言ってること、わかるよね？」

「……ああ、わかった。だけど、それなら俺に近寄らせないでくれるかな？　お互いに干渉しなければ、気分が悪くなることもないだろうし」

「それについては同意見だね。今日だけでも遺恨を残さないようにしようじゃないか」

「そうだな……ああ、そうそう、俺は君たちを知っていても君たちは俺を知らないだろうから、一応名乗っておくよ。三年のジルシール、魔術師希望だ」

ジルシールはそう言いつつ、私を一瞥してから離れていった。その視線からは、『亜人が俺に関わるな』という意思が伝わってきた。

だけれど、明確な亜人嫌いを示すその男を、私は嫌いになれなかった。

その理由はなんとなくわかっている。

陰で悪口を言うでもなく、唾を吐いてくるような敵意があるわけでもない。

彼はただ純粋に『お前が嫌いだ』と正面から伝えてきただけだ。それはつまり、これ以上関わる意思はなく、こちらに危害を加えることはないということ。

この人なら……信用できるだろう。

ジルシールが離れると、交代するように魔術師ローブ姿のもう一人のメンバーがやってきた。

私たちの目の前までやってきたその人物がフードを取ると、中から現れたのは無表情の女性だった。

三つ編みの長い髪を後ろに垂らし、ジトッとした赤い瞳をこちらに向けている。睨んでいるわけではないようだけれど、能面のような無表情で何を考えているかわからないから、少し怖い。

「では私も名乗らせていただきます」

堅い口調で一礼する彼女。表情筋が死んでいるんじゃないかというくらい、顔はピクリとも動かない。

「三年のエリーゼと申します。魔術を使いますが、近接戦も得意としております」

彼女が丁寧に名乗ると、アルニアはいつものにこやかな笑みに戻っていた。

「ありがとう。僕は二年のアルニア。こっちの猫人族の彼女がミーナさん、クルクル髪の可愛い彼女はベアトリス・フィールドさん。アトリって呼んであげると嬉しいみたいですよ」

「ああ、そんな……私を可愛いなんて……！」

『髪の』という部分を抜いて都合のいいように捉え喜ぶアトリ。でもたしかに、その姿は可愛いと言えるかもしれない。

「これはご丁寧に。ではチームメンバーとして最善を尽くさせていただきますが……基本は後方から魔術での支援でよろしいでしょうか？」

「ええ、大丈夫ですよ。前衛は僕とミーナさんに任せてください！」

アルニアがそう言ったその時、教師の一人が私たちのところへやってきた。

ようやく試合の時間のようだ。

ステージに向かうと、さっきまでの戦いの跡は綺麗に消えて、すっかり整えられていた。

「何度見ても凄いね、学園長が作った『空間』は」

アルニアの呟きが気になったけれど、すでに試合直前だったので気にしないことにする。

ステージの上では、対戦相手のチームが先に待機していた。後衛として魔術師が二人、前衛は双剣使い、大剣使い、盾を持った槍使いの三人と、バランスのいいチームだ。

私たちもそれぞれに武器を構え、正面に立つ。

「これより両チームの対抗模擬戦を始めます！　全員戦闘配置について……」

教師が合図する直前、アルニアが耳打ちしてくる。

「ミーナさん、僕は大剣使いと槍使いの人の相手をするから、君は双剣の人を頼む」

「……わかった」

二人相手となると厳しい戦いだけど、勝機があるから言ったのだろう。ここは彼女を信じて任せようと思った。

こっちはこっちで、アヤトに教わったことを試すにはいい機会だ。

「始めっ！」

教師の合図と同時に、私を含めた敵味方の前衛五人が走り出した。

私は出しうる限界のスピードで、アルニアの指示通りに双剣使いの少年に向かって体当たりをかまして、そのまま相手を吹き飛ばす。

試合開始早々の突然の事態に、大剣使いと槍使いが吹き飛ばされた少年の方へと振り返り、その隙を見逃さずに、アルニアが二人へと攻撃を仕掛けた。

私はそれを横目に見ながら、転がっていった双剣の少年へと近付いていく。

私に体当たりされて相当腹が立っているのか、少年は両手の剣を持ち直し、恨めしそうな目でこちらを睨む。

「……やってくれたじゃないか。それに、君も剣を二つ持つんだ？　亜人のくせに……！」

やっぱり彼も、亜人が嫌いなようだ。

そう思いつつ、私は剣を片方だけ逆手にして持つ。

「私を嫌ってくれてるなら嬉しい。倒しやすいから」

「なんだって……？　その言い草……僕に勝てるとでも⁉」

彼は私の挑発に激昂しながら、二つの剣を振ってくる。でも……

「今ならアヤトの言ってたことがわかる。両手に武器を持っているのに、武器を振る時、意識が片方にしか入ってない。それに……剣しか使ってない」

「何を言ってる？　アヤトって誰だよ、くそっ！　何で当たらな――ぐはっ⁉」

私は相手の二つの剣を避け続け、ついに大振りになったところで受け流し、開いた懐に蹴りを入れた。

「くそっ、くっそぉっ！」

軽蔑する亜人に蹴りを入れられたのが屈辱的だったのか、少年の攻撃速度が上がる。

冒険者じゃないただの学生のはずなのに、このスピードは凄い。

アヤトに出会う前の私だったら、苦戦していたかもしれない。

でも今は……今の私の目には、ただただ力任せに殴ってくる暴漢にしか見えない。

私の余裕な態度にイラついた彼はついに、攻撃の軌道そのものが滅茶苦茶になってしまった。

「亜人が……亜人風情がぁぁぁっ！」

「それじゃ、バイバイ」

無茶苦茶になった少年の攻撃を右手の剣で弾いた私は、軽くのけぞって無防備になった少年の胸を、左手で逆手に持った剣で切り付ける。あっさりと、少年のブザーが鳴った。

少年はその音に、絶望の表情を浮かべて膝から崩れ落ちた。

「そん、な……バカな……なぜ亜人がそんな強さを？」

その質問に私は首を傾げる。

「何を言ってるの？　そもそも亜人は人間より身体能力が高い。教科書にも載ってること」

「……そう、だったな」

少年は苦笑いでそう呟いた。

こっちは終わり。アルニアは？

気になって彼女が戦っていた方を見ると、タイミングよくブザーが四つ、同時に鳴る。

そこには大剣使いと槍使いの二人に勝利したアルニアと、敵チームの魔術師二人を遠距離から倒したジルシールとエリーゼ、アトリがいた。

アルニアとアトリは笑顔で手を振ってきて、もう二人もつまらなそうな顔でこっちを見た。

「そこまで！　勝者、Ｅグループ！」

高らかに上げられた教師の宣言に、ステージの周りにいた生徒たちが歓声を上げる。

その歓声の中から「あの亜人の子、可愛いのに強い」というのが密かに聞こえ、ちょっとだけ嬉しかった。

模擬戦開始から数時間。順調に試合は進み、すでに準々決勝まできていた。アヤトのチームとミーナのチーム、そして俺――メアのチームの、三つともがここまで残っている。

「メア様、そろそろ次の試合が始まりますよ」

そう言って俺に話しかけてきた少女。『様』を付けて俺を呼んでいるが、こいつは王城の関係者というわけではなく、ただ単に俺のファンらしい。

ファンクラブができてるって話をアヤトから聞いた時は信じられなかったが、こいつが俺と同じチームになった時の喜びようを見て、本当にファンがいたんだなと思った。同時に、イジメられていると思っていたのが勘違いだったと判明して、めちゃくちゃ恥ずかしかったけど……

まぁ、それはそれとして、このチームは全員が全員、剣や槍などを主体とする近接戦闘と得意とする面子だ。相手チームの前衛とやりあっている時に後衛に狙われやすいという弱点はあったが、魔術師を先に倒すという作戦を徹底して、ここまで勝ち抜いてきた。

そしてこれまでと同様に、教師に呼ばれてステージに上がり、すでに待機していた相手チームとご対面する。

そこにいたのは、ミーナとアルニア先輩のいるチームだった。

「よっ、ミーナ、アルニア先輩。やっと会えたな」

「ん、待った」

「メア様も勝ち抜かれたようで何よりです」

アルニア先輩は、俺が王族だからと気を遣（つか）っているのか、堅い口調で返してくる。

別に俺の方が後輩なんだし、ここは学園なんだから立場とか気にしなくていいのに……

そんなことを考えながら臨戦態勢（りんせんたいせい）を整えていると、審判役の教師が片腕を上げる。

「双方、位置について……始めっ！」

開始の合図と共に、アルニア先輩が真っ先に走り出す。

一瞬見失ってしまうほどのスピードで、俺に向かって突っ込んできた先輩。

しかし彼女を阻止（そし）するように、俺の両横からチームメンバーの二人が走り出し、一撃を止める。

俺はもう二人と共に、その横をすり抜けていった。

「ああ、そういう作戦か」

真横を走り抜けた時、アルニア先輩がこちらをちらりと見ながら小さく呟いた。

どうやら俺のやりたいことを理解したようだ。

先輩を抜いた正面に立ちはだかるのはミーナ。

俺は体当たりするようにミーナへとぶつかり、鍔迫り合いをしている間に他二人を相手魔術師の元へ行かせる。

そう、俺はミーナとの一騎打ちをして、その隙に近接戦が苦手なはずの魔術師を仕留めようとしていた。

「偏ったメンバーだけど、案外やりやすそう」

ミーナは自チームの後衛が狙われているにもかかわらず、平然とした態度で言ってくる。

「だな。前衛向きの奴しかいないんなら、それなりの戦い方がある、ってな。ミーナんとこはいいよなー、魔術師三人でも前衛二人共強ぇから、結構バランスよさそうだし……」

「ん。たまに一人で二人相手にしたりして頑張った」

そんなふうに、普段と変わらないような会話をしながら互いに剣を打ち込む。

単なる力押しだったら俺が勝てるけど、手数ではスピードのある向こうが有利だし、ミーナはテクニックもあるから、こっちの攻撃は全部受け流されちまってる。

やっぱり冒険者をしてただけあって場数が違うんだろう。

でも、俺だって負けたくないから意地になってでも食らい付く。

互いに全力で打ち合いつつ、たまにできる隙に力を込めた一撃を放つ。

ミーナはそれを受ければ力負けするとわかっているのだろう。無理に防いだり受け流したりしようとせず、体をわずかに反らすだけで回避する。

猫人族という名に違わず、猫のように身軽で素早い攻防。しかもその一撃一撃は、決して軽いとは言えない。

だけど俺も学園に来ない間、『イジメなどに負けないように』とミラ姉に稽古をつけてもらっていたため、それなりの力はある。

結局イジメではないとわかった今では、この場で力を発揮してしまっているけども。

そんなことを考えながら苦笑していると、ミーナが大きく右腕を振り上げた。

ミーナにしてはらしくない振りかぶり方だなと思うと同時、ある考えが浮かぶ。

――フェイントだ。

背筋がヒヤリと冷える、直感とも呼ぶべきその感覚に従い、俺は攻撃を剣で受けずに、上体を大きく反らして避ける。

次の瞬間、ボッという音と共に、死角からもう片方の剣で突きが繰り出されていた。

危なかった……あれを食らっていたら確実に終わっていた。

「むぅ……失敗」

「いやぁ、勘って結構信じてみるもんだな！」

そう言ってアッハッハと笑うと、ミーナの雰囲気がピリッとしたものに変わる。あれ、怒った？

その表情に笑みを貼り付けたままなので、一層怖さが増している。

「もう少し本気出す」

「……マジかよ」

今まで本気じゃなかったって言うのか。

するとミーナが片方の剣を投げつけてきた。

「危ねぇっ！」

予想外の行動にギリギリ反応して、剣を上に弾く。

しかし次の瞬間にはミーナが跳び上がって上空で待機していて、キャッチした剣を俺に向けて突き立ててきた。

それもなんとか受け止め、振り払う。

「ぐっ⁉　っそ！」

「ふっふっふ……」

一切笑みを浮かべないまま、笑い声を漏らすミーナ。腹立つ。

そしてこちらが構えを取る隙を与えないためか、再び走ってくる。

ミーナのその速度はアルニア先輩以上かもしれない。

「なら……俺だって！」

ちょっと前にアヤトにこっそり相手してもらった時に生み出した技がある。ミーナの知らない技だ。

俺は一旦、持っている剣を鞘に戻す。

「……にゃ？」

近付きかけていたミーナが、俺の不審な動きに警戒して立ち止まる。

ありがとうよ、止まってくれて。

今度は俺がミーナに向かって走り出す。そして——

「炎舞一閃」

ボソリと技の名を呟き、剣を再び抜き放つ。

その剣は眩いほどの炎を纏い、空気が揺れるくらいの熱を発していた。

「エンチャント……⁉」

ミーナが驚いた表情で俺の剣を見つめる。

俺はミーナに防御の構えを取らせる隙もなく、空いていた胴体に炎を纏った剣を打ち込んだ。

——ブザーが鳴る。

多少息切れを起こしながらミーナの顔を見ると、頬をぷっくりと膨らませて拗ねた様子で、こちらをジト目で睨んでいた。

「……なんでメアがエンチャント使えてるの？　前まで使えてなかったのに」

「悪い、アヤトとこっそり特訓した」

「むぅ……抜け駆け」

抜け駆けって……こいつどんだけアヤトのこと好きなんだよ……いや、好きなのは修業の方か？　わかんねぇ……

でもとりあえず、これであとはアルニア先輩だけだ。

魔術師の方も、今頃は全員片付いてるはずだから――

ビーッ！

今日何度目かというくらいに聞き慣れた音が、二つ同時に響く。

ようやく二人倒したかと思い、音の発生源である魔術師たちの方に振り向く。

しかしそこには、予想とは正反対の結果があった。

「負け、てる……？」

さっき魔術師の方に向かって行った二人が、武器と膝を突いて悔しそうに俯いていたのだ。

その近くには、無表情の女が立っていた。

両手を腹の辺りに置く仕草は、まるでメイドのようだが……

いや、それよりも気になることがある。

その女の近くにいる男とデコ娘……多分二人共魔術師なんだろうけども、二人して驚いた表情でメイドっぽい女を見ていたのだ。

仲間ですら驚くようなことをしたってわけか？

一応、アルニア先輩たちの様子を一瞥して、もう少し時間を稼いでくれそうだと確認したところで、俺はその女のところに向かった。

「あんたがこいつらをやったのか？」

「はい。二人共、私に襲いかかってまいりましたので、そのお相手を……」

丁寧な口調で返答する女。

しかしその態度とは裏腹に、重くのしかかるプレッシャーのようなものを発している。

それはまるで、修業している時にアヤトから向けられるものと似ていて……

俺は反射的に武器を構え、全力で警戒する。

「おや？　ひるんではいるようですが、比較的冷静な様子ですね。ただの生徒であれば、ほとんどの者はこの威圧だけで動けなくなってしまうのですが……」

相手の動きを止めるほどの威圧を放っているという言葉に、一人納得する。

「やっぱりな。あんたとアヤトがどこか同じ感じがするってのは、ハズレじゃなかったってわけだ」

「アヤト……？　なるほど、その方に少々興味がわきました。もちろんあなたにも。お話をお伺いしてもよろしいでしょうか？」

本当に興味がわいているのかわからないくらい、この女の表情は変わらない。

だけど俺の方も、この女に興味が出てきたので、挑発してみることにした。

「話が聞きたいんなら、俺に勝ってからにしろよ！」

「……ではそのように」

――パンッ！　ビーッ！

女がそう言った瞬間、謎（なぞ）の破裂音（はれつおん）とともに俺の腕輪からブザーが鳴る。

目の前にいたはずの女は気が付くと俺の後ろに立っていて、少し遅れて、鈍い痛みが頭を襲ってきた。

「っ!?　殴られた？　いつの間に……!?」

後ろの女の方を振り返ると、片手に持っていた杖が目に入る。

それは魔術師が使うような杖ではなく、足腰の悪い老人が持っているような、L字型のものだった。

一体……何が起きたんだ？

第12話　決勝戦闘幕

俺は中等部一年一組、カイト。貴族でもなんでもないから、名前はそれ一つしかない。

つまりどこにでもいる平凡な男だったたってわけだ。

……昨日までは。

つい昨日までは他の生徒と変わらない生活を送っていた俺は今、学園の中等部と高等部の生徒が全員参加する学内対抗模擬戦で、決勝戦にまで勝ち進んでしまっていた。

そして今、俺の胸に込み上げてきているものは、ここまでの勝利の余韻などではなく、疲労感だった。

それは、試合続きで疲れたというのもあるのだが、アヤト先輩の作った『魔空間』の中で、みっちりと特訓させられたからだ。

そのおかげでここまで勝ち上がれたわけだが、疲労感が尋常じゃない。

「うヴぁぁぁ……疲れ――いったぁ⁉」

模擬戦の舞台となるステージの横で、両手を突き上げて背伸びをしながら奇声を発していると、尻をメルトに蹴り上げられた。

「うっさい！」

「何すんだよ、いきなり⁉」

「疲れてんのはみんな同じなんだから、一々声に出すなっつうの！　ったく、女々（めめ）しいのは髪だけにしなさいよね！」

百歩譲（ゆず）って俺の弱音が女々しかったとしても、髪は関係ないのでイジらないでほしい。

気にしてるんだから。

なんで切らないのかといえば、小さい頃に短髪にしていたら、近所の同い年の子に「お前の頭、変！」と言われたのがトラウマになったからだ。これを言ったら、やっぱり女々しいじゃないかと言われそうだから誰にも言いたくないけど。

まぁ、そんなことより、今後について先輩に聞く。

「アヤト先輩、特訓はもういいんですか？」

「ああ、次の試合で終わりだしな。あとは、今まで教えたもんをお前らがどう活かすかだ。俺はもう知らん」

突然投げやりに⁉

「ちょっと無責任過ぎませんか？」

「だって、俺の目的はもう達成したようなもんだし」

目的？　優勝が目的、っていうならわからないでもないけど、ちょっと気が早いし……それに優勝を目指してたなら、俺たちに戦わせたりせずに、先輩一人で全員倒せばいいって話になる。SSランク冒険者のミランダさんを倒した彼なら、それだけの力はあるはず。

なら他に目的が？

一人で考えていても埒が明かないので、単刀直入に聞いてみることにした。

「先輩の目的って？」

「弟子……ってほどじゃないが、そいつらの育成結果を確認すること、だな」

弟子？　俺たち以外にも教わってる人がいたのか？

いや、そもそも俺たちは偶然同じチームになっただけだから、もっと前から教わる人がいてもおかしくないか。

「とりあえず、俺は少し寝る」

「寝る？　ってどこで……」

俺が聞き終わる前に先輩はすぅっと寝息を立て始める。

……え、本当に寝たの？　立ったまま!?　……いや、流石に仮眠だろうな。

どちらにしても、先輩の睡眠を邪魔しないように離れておくか。

俺はその場から離れて、試合を観戦しているメルトたちのところに行く。

それにしても、あの人って普段どんなことしてるんだろうか？　あのミランダさんに勝ってしまうような実力を持った高等部一年……その生活が少し気になる。

……変な意味じゃないからな？

とまぁ、誰に言うでもない言い訳を心の中で呟きながら、難しい顔をしているメルトたちに声をかける。

「どうしたんだ？　そんな顔のシワ多くして――おぶっ!?」

その瞬間、メルトとリリスが同時に俺の腹へ蹴りを入れてきた。

あまりのダメージでその場にしゃがみこむと、そこに追い討ちをかけるようにリナが俺の頭をポカリと叩いてきた。あ、これ逆に癒されるわ。

「な、何を……」

「デリカシーのないバカには天誅ですわ」

「禿げろロン毛」

メルトとリリスの二人が、生ゴミでも見るかのような目で見下してくる。決勝戦前に心身共に死にそうなんですが……

「ダメだよ、カイト、君……女の子、にシワが多いとか、言っちゃ……」

小さい声で、「メッ！」と子供を叱るように怒るリナ。ごめんなさい……

「と、ところで試合の様子は？」

話題の逸らし方が露骨だったからか、リリスは大きく溜息を吐き、無言のままステージに目を向ける。

相変わらず胸を強調させるように腕を組んでいるから、あまりそちらを見ないように気を付けつつ、ステージ上の生徒たちに目を向ける。

そこでは丁度、銀髪の人と黒髪の亜人が他の生徒たちを蹴散らし、試合に勝利したところだった。

「……正直、今の私たちであの二人に勝てるとは思えませんわ」

「悔しいけど、私もそう思うわ。二人共強過ぎる……」

リリスとメルトの言葉に驚きつつ、言葉を返す。

「そんなに強いのか……それにしても、亜人の子がこれだけ目立つっていうのは珍しいな」

あまり多くはないけど、この学園にも亜人はいる。

だけど、その多くはひっそりと過ごしていて、こういう観衆の目に晒される場所で堂々としていられる彼女は凄いと思う。

実際に汚い罵声（ばせい）の混じった野次（やじ）も飛ばされているあの中で平然としているなんて、俺だったら耐えられない。

「アルニア様は流石と言えますが、あの亜人の少女……アルニア様に引けを取ってないように思えますわ」

「……っていうか、アルニア様って誰？」

真剣な表情でステージ上を見つめるリリスに聞いてみたら、とんでもない形相で睨まれた。

「はぁ⁉　あの方を知らないってマジで言ってやがりますの、この人間は⁉」

口調口調。口調が滅茶苦茶なことになってる。

っていうか、知らないってだけでお前は人間じゃないって言われてる気がするんだけど……

「いやまぁ、あれだろ？　あの男か女かわからない人のことだろ？」

「あなたのアレを踏み潰して、そのようにして差し上げましょうか？」

殺意すら感じるその視線に、俺は思わず内股になってしまう。

そんなことをしてはいけない。男にとっては神話級の魔物よりも恐ろしい事態なのだから。っていうか、女の子がそんな目をしちゃいけません！

「あの方は魔法適性が無く、その上非力な女性……にもかかわらず、男性よりも凄まじい膂力と剣技をお持ちなのです。加えてあの美貌……女性なら憧れないわけがありませんわ！　ちなみに私、あの方の親衛隊の一員ですの」

リリスはそう言って、チラリと白い文字の打ち込まれた青いプレートを見せてくる。さいですか……

するとメルトがステージから降りていく人たちから視線を移して、こっちを睨んできた。

「そんなことはどうでもいいのよ！　要はそんな強い奴が二人も同じチームにいて、次の決勝戦で私たちと戦うってことよ！」

イライラしながらそう言うメルトに、リリスが「そんなことですって!?」とまた言い合いを始めそうな雰囲気になる。

やれやれと溜息を零していると、いつのまにか起きていたアヤト先輩が割って入ってきた。

「まぁ、決勝戦なんだから、それくらい当然と考えていいだろ。むしろ今までよくアルニアみたいな奴と出会わなかったなと思うくらいだよ」

そう軽く笑う先輩。

その言い方からして、そのアルニアって人とは知り合いなのだろうか？

「当然ですわ！　アルニア様のような方は、この学園で一人だけなのですから！」

「そうなのか？　ま、ミーナやメアもあいつに負けちゃいないとは思うがな」

すると、先輩の言葉にリリスの目が光る。

「まさかメアって、メア様のことですの⁉　あなた、あの方とどんな関係で⁉」

一気に目の色が変わり、興奮した様子で先輩に詰め寄るリリス。なんか怖い。

それよりもメアって……もしかして王女様の？

ある日から突然不登校になったって聞いてるけど……

「お前、本当にアトリから何も聞いてないのか……あいつは一応、俺の護衛対象なんだよ」

王女様の護衛！　たしかに先輩のような人だったらありうる話だ。

するとリリスが羨ましそうに先輩をジト目で睨む。

「ズルいですわ！　護衛なんて名目でメア様とお近付きになれるなんて！」

「お前だって貴族だろ。メアに挨拶なりなんなりしに行きゃあいいじゃねえか」

「いえ、それはできません……なぜなら、下心のある者が近付けば、親衛隊の粛清対象になってしまうからですわ！　すでに二桁に及ぶ方々が恐ろしい目に……！」

十人とかじゃなく二桁って言うあたり、どれだけの人たちが犠牲になったのだろうと、少し恐ろしく感じる。

「おい、下心ないのに襲われてるんだけど、俺……」

「私は親衛隊の上の方々がどのように考えてあなたを襲う決定をしたのかは知りませんけれど、あなたが下品なお顔をしていらしたのではなくて？」

「お前の下品な頭の中よりはマシだよ」

辛辣な言葉に辛辣な言葉で返されたリリスは、膝を抱えてうずくまってしまう。お互い似たようなことしか言ってないのにダメージの差が凄い。


それから十分ほど。相手チームの休憩時間も十分取れたということで、俺たちは教師に呼ばれてステージの上へ。

ついに決勝戦というだけあって、この中庭に三つあったステージが横一列に全て統一されている。今までよりも広く戦えるようになったというわけだ。

さらに、試合が終わって観戦するだけとなった生徒がステージの周囲に集まっていて、凄い歓声を上げていた。

そして俺たちの正面には、対戦相手である五人が並んでいた。

「やっと当たったな、ミーナ、アルニア。それにアトリも」

先輩が相手チームの人に声をかける。銀髪の先輩――アルニアさんは苦笑いを浮かべ、ミーナと呼ばれた亜人の少女は不機嫌そうに口をへの字にしていた。

「あー、わかってたけどやっぱりここまで来ちゃったか、アヤト君も」

「ハンデ付きなのにここまで勝ち上がる……ズルした？」

『ハンデ』と言いながら俺たちを一瞥するミーナさん。たしかに俺たちはまだ中等部の一年だけれども、そう言われるとちょっとムッとしてしまう。

「ズルって言うなら、俺がここにいること自体ズルだろ。つっても、俺はここまでアドバイスと少しの手伝いをしただけだがな」

「……なるほど」

何かを納得した様子のミーナさん。先輩の事情を知っているような素振り……もしかしてこの子が先輩の弟子だったり？

するとメルトが不機嫌そうな表情をして、レイピアをミーナさんに向ける。

「私たちをハンデだなんて、舐めたこと言ってくれるじゃない……亜人の癖に！」

「こら、合図の前に武器を相手に向けるな！　失格になるぞ！」

審判役の男性教師に注意され、レイピアを下げるメルト。しかしそれよりも気になることがあった。

注意されたメルトを見る先輩の雰囲気が、ピリピリとしたものに変わっていたのだ。まさか怒ってる？

両チームの態勢が整ったところで、教師が合図を口にする。

「ではこれより、コノハ学園・学内対抗模擬戦の決勝戦を行う！　双方悔いのないよう、全身全霊を捧げるように！　それでは……」

教師が最後の言葉を放つ直前、先輩がギリギリ俺たちに聞こえるくらいの声で呟く。

「メルトはあいつを『亜人の癖に』と言ったが、あいつは――」

「始めっ！」

先輩の言葉の途中、教師が開始の合図を叫ぶ。

その瞬間、ミーナさんが高速で俺たちの前まで移動し、メルトを斬っていた。

「……え？」

突然のことにメルトが戸惑いながら声を漏らすと、先輩がさっきの言葉の続きを発する。

「お前らより強いぞ」

そしてメルトの腕輪からブザーが鳴り、周囲の生徒たちが静まり返る。

数秒後、今までよりも一層大きな歓声が上がった。

そんな中、俺たちは驚きのあまり誰一人動けずにいた。

「嘘……だろ……？」

早くも仲間の中から失格判定が出た。一回戦から今まで、こんなこと一回もなかったのに。

逆に言えば、決勝戦だからとも言えるだろう。それだけ強い相手なんだ、このチームは。

ただ、流石にこれは予想していなかった。

ここまでの毎試合、開始早々先手必勝と仕掛けていたというのもあるし、純粋にここまで実力差のある相手が勝ち上がってきているとは思っていなかったのだ。

すると先輩が警告してくる。

「ほら、動かねぇと次来るぞ」

その言葉通り、今度はアルニアさんが俺に向かって剣を振りかぶっていた。

ミーナさんの方に気を取られ過ぎていて、アルニアさんの接近すら気付かなかった。

「フッ！」

「あ、ぐぅっ……!?」

直前で剣を割り込ませてなんとか防ぐことに成功したけれど、とても女性とは思えないその剣の重さに、思わず膝を突いてしまった。

高等部の人とはいえ、女の人とここまで力の差があるなんて……!?

「『女だから』『亜人だから』と侮るなよ。それを言ったらお前らだって中等部なんだ。むしろお前ら自身が不利だってことを思い出した上で全力を出せ」

「試合中に修業？」

その声に視線を一瞬だけ向ければ、先輩はミーナさんと対峙していた。

「まぁな、こいつらもここまで頑張ったんだ。優勝くらいさせてやりたいって、ちょっとは思ったりもするさ」

そう言って軽く笑う先輩。そう言われたら、期待に応えたくなってしまうじゃないか……！

そんなふうに思っていると、アルニアさんが剣に込める力がさらに増した。

この人、本当に女の人か⁉

「フフッ、『こいつ、本当に女か？』みたいな顔をしているね」

内心思っていたことを言い当てられ、ドキッとしてしまう。顔に出てた？

「僕と戦った人はほとんどそう口にするんだ。思ってすらいないのはアヤト君くらいじゃないかな？」

「せ、先輩が……？」

正直、会話する余裕すらないけれど、ちょっと気になってしまった。

「凄いね、彼は。まだ力のない中等部、しかも一年生の君たちを、ここまで勝ち上がらせてしまったんだから」

「そうっ、ですね！　俺も同……感ですっ！」

タイミングを見計らい、剣をズラしてアルニアさんの攻撃を受け流す。

「っ！」

体勢を崩して驚くアルニアさん。

ここで一撃を決めれば……！

そう思って放った攻撃は簡単に防がれてしまい、鍔迫り合いになる。

「そん……!?」

「悪いね、君がアヤト君に鍛えられてるってわかってたから、そういうことをしてくるだろうなとは予測してたんだ」

言いつつ、申し訳無さそうに笑うアルニアさん。

だとしても！　あの体勢から立て直して防ぐなんてどんな反射神経してるんだ!?

その状態から押された俺は、数メートル飛ばされる。

「さぁ、仕切り直しだ」

アルニアさんはそう言って、不敵な笑みを浮かべて剣を構えた。

勝てる気がしない。

先輩みたいな滅茶苦茶な感じじゃないけど、勝てるイメージがわいてこない。

それに加え、さっきのチャンスだと思った攻撃も防がれて……どうしたらいい？

そう思い悩んでいると、俺の顔の横を何かが通過し、アルニアさんの顔面へ向かっていった。

――リナの矢だ。

しかし、その正確無比に狙われた矢も、あっさりと剣で払われてしまう。

「凄いね、彼女。君には中らないコースで、的確に僕の顔だけを狙ってきた……これもアヤト君が教えた技かな？」

「リナの腕前はこのチームを組む前からみたいですけどね……」

そう言いつつ、他の戦況を確認する。

どうやらリリスのサポートでサイが切り込んでいき、あのおデコの光った小さい女の人と怠そうな表情の男の人を倒したようだ。アルニアさんに気を取られ過ぎていて気付かなかった。

ということは、残る相手チームは魔術師ローブを着て無表情で突っ立っている女の人と、先輩と戦っているミーナさん、そして目の前にいるアルニアさんの三人。

対してこっちはいなくなったのはメルトだけ。

五対三と数では俺たちが有利。加えてミーナさんは先輩が相手をしてくれているし、リリスに杖を向けられている無表情の女の人はどういうつもりか動く気配もないから、残る問題はアルニアさんだけとなる。

状況を分析していると、同じことを考えていたらしきサイがこちらへと戻ってきて、アルニアさんに横合いから大剣を振り下ろす。

サイはこの試合では、盾を持たずに攻撃特化のスタイルを選んでいた。

虚を衝かれたのか、アルニアさんは避けられずに、その細い剣でサイの大剣を受け止めようとする。

力や体格ならサイの方が上のはず。これで押し潰されてくれれば……！

そう思ったのも束の間、アルニアさんの体勢が崩れないのに気付いた。それどころか——

「いいタイミングで切り込んできたね……なら君の土俵で戦ってあげるよ……ハァッ！」

アルニアさんはそう言って大剣を押し返し、逆にサイの体勢を崩した。

その光景に、俺は思わず「うそぉー……」と零してしまう。

そしてアルニアさんがサイの懐へ飛び込んで剣を一閃すると、ブザーが鳴った。

「カイトさん、下がりなさい！」

呆然としていた俺は、飛んできたリリスの声にハッと我に返り、指示通り後ろへ飛ぶ。

そしてリリスが放った火の玉が、アルニアさんへと向かっていった。

「おっと、魔法か！」

アルニアさんは地面を転がって火の玉を避けると、後衛を先に仕留めることにしたのか、俺ではなくリナとリリスの方へ走り出そうとする。

「させるかよ！」

サイがリタイアした今、後衛二人を倒されるわけにはいかないため、俺はアルニアさんの進路上に立ち塞がる。

「ハハッ、漢を見せるじゃないか！　でも、僕も負けないよ！」

そう言ってアルニアさんは剣を大きく振りかぶる。

先程までは見せなかった動作に警戒しつつも、その振り下ろした攻撃を受け止めた……が、アルニアさんはまるで俺を踏み台にするように、回転しながら俺の上を通り過ぎていく。

そして華麗に着地すると、そのままリリスとリナを一閃した。

サイに続いて鳴る二つのブザー音。

その音を聞いて、血の気が引いた。

もしかしたら俺が余計なことをしたんじゃないか、と。あそこで前に出なければ、二人はカウンターを決められていたかもしれない。

だけど、そんなことを悠長に考える暇すら、アルニアさんは与えてくれなかった。

二人を倒した後、すぐに踵を返し、俺の方へ向かってくる。

咄嗟に剣を前に出して防御しようとしたけども、アルニアさんの切り上げで俺の剣はあっけなく手から離れて上へと弾かれ、俺は仰け反ってしまう。

そしてアルニアさんは、上へ切り上げた剣をそのまま俺に振り下ろしてきた。

俺はここで負けるのか……

俺たちのチームはもう、俺とアヤト先輩しかいない。先輩がいれば勝てるとは思うけど、どうせここまで来たなら俺たちの力で勝ちたかった……

悔しさと後悔でいっぱいになる中、特訓中に先輩が色々と教えてくれた内の、ある言葉を思い出した。

――武器を持つと勘違いしやすいから言っとくが、剣を持ってるから剣士と呼ばれるだけであって、剣士だから剣しか使えないわけじゃない――

俺は体に力を入れ直して体勢を整え、諦めに閉じかけていた目を見開いて、振り下ろされる剣をしっかり見据える。

――魔術師も然り。武器っていうのは剣や槍、魔法だけが全てじゃない。手に何も持たないのなら――

後ろに引いたり避けたりしようとは考えず、前へ直進した。

「……え？」

――己の体を武器としろ――

俺は……まだ負けちゃいないっ！

「うおぉぉぉぉぉっ！」

がむしゃらに叫びながら、アルニアさんの剣を持つ手首と襟首を掴む。そしてそのまま くるりと回って、アルニアさんの体の正面と俺の背中をピッタリとくっ付けた。

そのまま背中と片足を使ってアルニアさんの体を持ち上げて、地面へと叩きつけるようにして投げる。

『背負い投げ』

その名前と共に先輩が実演して見せてくれた技を思い出し、ぶっつけ本番で真似してみた。

これは流石に予想外だったのか、アルニアさんはその綺麗な顔面から地面に落ちていく。

そしてゴスッという鈍い音と共に、失格判定のブザー音が鳴り響いた。

俺は——勝ったんだ。

だけど次の瞬間、勝利に喜ぶ間もなく、辺りの温度が下がったように感じ、背筋に悪寒が走った。

それがなぜかは、ステージを見回してすぐにわかった。

いつのまにかミーナさんを倒していたアヤト先輩と、残っていた魔術師の女性が、お互いにとてつもないプレッシャーを放ちながら対峙していたからだった。

第13話　達人

カイトたちがアルニアと戦っている間、ミーナはアヤトへと、一方的に攻撃を打ち込んでいた。

「むぅ……一発でも当たれば勝てるのに……」

「悪いな、当たってやれなくて……」

「むぅぅぅぅっ！」

アヤトの挑発に、ミーナはとうとう頬を膨らませて剣をブンブンと適当に振り回す。

「前の特訓で使ってた、体に風を纏うやつは使わないのか？」

「使ってる。使っててこれ……」

素早さを上げるサポート魔術を使ってもなおアヤトに一撃を加えられない状況に、「とても残念」と付け加えて悔しそうにするミーナ。

「ってことは、これが限界か？」

「ん」

「そうか。それじゃあ、悪いがミーナはここで退場だ。予約してる客がいるんでな」

心当たりのないアヤトの言葉にミーナは首を傾げ、その額をデコピンされる。

パァンッ！

しかしその一撃はデコピンとは思えないほどに大きな破裂音を発し、ミーナは仰け反って吹き飛んだ。

数秒間空中を舞ってから地面に落ちたミーナは、「くぎゅう……」と目を回して気絶していた。

そして失格判定のブザーを鳴らす筈の腕は、通常とは異なる音を発してから、弾け飛んで壊れてしまった。

「おっ？　この魔道具、意外と脆いな……」

アヤトはそう呟きつつ、気絶したミーナを抱えて、ステージの端へと移動させる。

そうして安全な場所にミーナを運んで元の位置に戻ってから、アヤトはようやくローブを羽織っている女性――エリーゼの方を向いた。

「待たせたな」

「いえ、ミーナ様との立ち会い、とても愉快(ゆかい)でしたよ」

エリーゼは表情をピクリとも変えることなくそう言い放ち、ミーナに視線を向ける。

「彼女はお弟子さんですか？」

「正式じゃないがな。ちょっとお試しって奴だ」

「そうでございましたか……ところで、あなた様は『日本人』でございましょうか？」

その女性の言葉に一瞬アヤトは目を開いてから、軽く笑い始める。

「やっぱりそうか。あんたの足運び、こっちじゃなくてあっちの世界で見た覚えがあった流派のものだったから、なんとなくそうじゃないかとは思っていたが……あんたも向こうの人間だな？」

「はい、あなた様と同じ、日本人です」

その言葉に、アヤトは不思議そうな顔をする。

「日本人って言う割には目が赤いが……そいつはカラーコンタクトか？」

「いえ……とりあえず詳しいお話は後日、でよろしいでしょうか？」

エリーゼは老人が使うような持ち手がL字型になっている杖を取り出すと、その取っ手を変形させて真っ直ぐな棒状にする。そして剣のように持ったそれの先端をアヤトに向け、問答は終わりだと言わんばかりに殺気を放った。

その尋常ではない殺気と隙のない構えを見て、アヤトは口角を吊り上げ、妖しい笑みを浮かべる。

「同じ世界から来たってだけじゃなく、達人か……まさか同業者に会えるとはな」

「同業者ではありません。たしかに殺ることは殺っていますが、私の本業はメイドでございますので」

エリーゼはそう言うと構えを解き、ローブの裾の両端を持ち上げ、腰を少し下げる。それはまるで、メイド服を着ているかのような所作だった。

そしてまたピンッと背筋を伸ばし、再び杖を構えてから名乗った。

「元メイド長、霧風凛。改名エリーゼ」

「小鳥遊家長男、小鳥遊綾人」

アヤトの言葉を聞いて、エリーゼは何かに驚いたように目を見開くが、すぐに元の無表情に戻った。

それから数秒の沈黙を経て、二人同時に口を開く。

「「己が全てを賭けて参る！」」

重なったその声を合図にしたかのように、エリーゼがアヤトとの距離を一瞬で詰め、杖を薙ぎ払った。

その一振りでいくつもの空を裂くような音が発生し、アヤトの周囲の地面に複数の穴が開いた。

「……流石でございます」

エリーゼはバックステップで一旦距離を取ってから、アヤトを称賛する。

アヤトはそこから一歩も動いていないが、片手を前に突き出していた。

「『化勁』、ですか……今まで色んな方々を拝見してきましたが、ここまで完璧にいなされたのは初めてでございます」

エリーゼは驚きつつ、そう零す。彼女の言った『化勁』とは、中国武術の技法の一つで、受けた衝撃を吸収、あるいはベクトルを操作して受け流したり、そのまま相手に返したりするというものだ。今回アヤトはそれを使い、エリーゼの技の効果を地面に受け流していた。

アヤトはと言えば、エリーゼの攻撃を冷静に分析していた。

「さっきの構えに技の出し方、短杖術か……しかもその杖、さっき変形してたよな？面白い武器を使うじゃないか」

「ええ、こちらは元の世界で作ってもらった特注の品、少なくともこの世界では二つとない私の愛用品でございます」

言い終えると同時に、再びアヤトに攻撃を仕掛けるエリーゼ。

その攻撃は、アヤトの正面からだけでなく、前後左右上下から縦横無尽に襲いかかる。アヤトはもちろん観客の目にも、まるでエリーゼが複数いるかのように見えていた。

しかしアヤトはその攻撃を掻い潜り、複数いるように見えるエリーゼのうちの一人に、躊躇なく掴みかかる。

「っ！」

エリーゼはその腕をギリギリで避けて後退するが、それと同時に他のエリーゼも霧のように消えてしまった。

「流石だな、あれだけの残像を残すなんて。区別がつきづらかったよ」

「なのに、ここに私がいると？」

「だって、他より殺気が濃いんだもん」

アヤトはそう言いながら手を手刀の形にし、振りかざす。

その腕を力強く振り下ろすと、軌道上に風圧が生まれ、地面を抉りながらエリーゼへと飛んでいった。

彼女は咄嗟に杖を薙ぎ、それを掻き消す。

「……今のは魔力ではなかったようですが、いわゆる拳圧というやつですか」

相変わらず無表情なエリーゼの問いかけに、アヤトは頷いた。

「ああ。今のは拳じゃなくて手刀だったから、どっちかっていうと斬圧って呼んだ方がそれっぽいかな」

「あれほど大きく鋭いものを……やはり、噂通りに異常な実力を有しておられるのですね」

「ああん？　噂？」

怪訝な表情のアヤトに、エリーゼは小さく頷く。

「常人離れした武を持つ私たち武人の中でも、常軌を逸した一族がいる、と。それは闇夜に紛れる暗殺者であり、雇われて戦地に赴く傭兵であり、彼らを敵に回せば生きて帰ることは叶わないほどの実力者であり、果ては一国すら相手にできるほどの化け物である、など……」

「言いたい放題だなー」

アヤトは呆れたように言って、頭を掻く。

「言われ慣れているようですね」

エリーゼはそう会話を続けたまま、杖をアヤトに打ち込み始めた。

「まぁ、『化け物』なんて言葉、弱い奴の言い訳だからな。本当に強い奴は『お前と戦えてよかった』くらいのことは言ってくれたよ」

そしてアヤトもそう答えながら、エリーゼの猛攻をなんでもないように受け流していく。

当然のように繰り広げられるこの異様な光景に、会場全体は静まり返っていた。

誰もが驚愕に息を呑み、無言で試合を見つめることしかできなかったのだ。

それは、目を覚ましたミーナにメアといった、アヤトの実力をよく知っている仲間や、ここまでアヤトの底知れなさを見せつけられていたカイトたちチームメンバーも例外ではなかった。

エリーゼが杖を一振りすれば無数の見えない攻撃が放たれ、アヤトが一殴りすれば辺りに風圧が巻き起こる。

それを見て、誰もが思っていた。『これが同じ人間同士の戦いなのか』と。

そんなアヤトたちの動きを、ルビアもまた自分の部屋で見ていた。

プロジェクターのように、水晶から壁に映し出される中庭全体の映像。

そこには、大きなステージ上を縦横無尽に駆け回るアヤトとエリーゼが映っていた。

「これは……どうなってるんだい？」

アヤトたちの人間とは思えない動きを目の当たりにし、ルビアは唖然として言葉を零す。

その近くのソファーにはノワール、ヘレナが座り、空中にはココアが漂うように浮いていた。

ノワールたち三人は特に驚いた様子もなく、まるで休日に映画を見るサラリーマンのように寛いでいた。

「流石アヤト様……私と手合わせしたあの時ですら本気ではなかったというわけですか」

ノワールが足を組みながら、嬉しそうに言い、その横では、ヘレナがせんべいをバリバリと食べている。

ココアはといえば、頬を紅潮させうっとりとした表情で映像を見ていた。

「ああ、アヤト様……なんと凛々しく雄々しい姿！」

ココアはあまりの興奮に、その場でクルクルと回り始める。

「告。ココア、画面が見えないのであまりトリップしないでください。それと学園長、菓子のおかわりを要求します」

「ずいぶん自由だね、君たちは⁉　あれを見て驚かないの⁉」

ルビアが怒鳴ると、ヘレナはシュンと落ち込んで差し出そうとしていたお皿を引っ込めた。

その叱られた子供のような姿を見て罪悪感にかられたルビアは、「わかったわかった」と溜息を吐きながら言って、近くの戸棚から新しいせんべいを取り出す。

そんなルビアに、ノワールは笑みを浮かべながら答えた。

「いえいえ、驚いていますよ。アヤト様の実力はある程度把握していますが、そのアヤト様に近い実力を持つ女性……そんな方がいたとは。クフフフフ……」

「そっちにかい。というか楽しそうだね、君は。しかし彼女……三年のエリーゼさんだったかな？　あんな力を持ってたなんて」

目を細くして映像に映るエリーゼを見つめるルビア。

「三年くらい前に、魔力量がかなり多い彼女を見つけて、ウチに通わないか誘ってみたんだけど、まさか体術もここまでハイレベルだったなんてね……」

一方、アヤトとエリーゼは攻撃の手を緩めることのないまま会話を続けていた。

「中国武術かと思ったら空手を使ったり、気を抜けば掴みにきたりと、様々な武術を習得していらっしゃるようですね」

エリーゼはアヤトに向かって連続で突きを放つ。その動きを追えない者からすれば、まるで無数の弾丸が同時に放たれたように見えるだろう。

アヤトはといえば、ゆらゆらと無造作に体を揺らして、全て避け続けていた。

「まぁ、色んなもんを教えられたからな。武器だって使えるんだぜ？　なんならあんたと同じ土俵に上がるために、杖でも使ってやろうか？」

アヤトの意地悪な質問に、エリーゼは首を横に振る。

「徒手の方が得意なのでしたら、そのままで構いません。ハンデを付けられても嬉しくありませんので」

「別に得物を何にしたって、変わらないんだけどな……」

そう言ってアヤトは人差し指を突き出し、風圧を飛ばす。エリーゼもまた、杖を突き出してその攻撃を相殺した。

するとエリーゼは一歩引き、どこか不満げな様子でアヤトに問いかけた。

「アヤト様、もしかして先程から手加減なさっていますか？」

「ん？　まぁな。だってこれ試合だし」

「では、少々本気を出していただきます」

次の瞬間、エリーゼの攻撃が突如として数段階速くなり、加えて放たれる殺気が濃くなる。

「っ⁉」

突然の変化に、アヤトの表情が驚きに染まった。

「なるほど、本気ってのはそういうことか」

アヤトはエリーゼの手元を見て、ニヤリと笑う。

彼女が持っていた杖の長さが、元の八十センチ前後から若干伸び、一メートル前後へと変わっていたのだ。

「先程も言いましたが、これは特注品。あらゆる場に対応できるよう長さを調節できる代物です。これだけ広い場所であれば十分伸ばしても問題ないでしょうし……ね？」

エリーゼはそう言って、アヤトに向かって駆け出す。

杖を長く伸ばして広範囲を薙いだかと思えば、短くして手数を増やし、次の瞬間には再び伸ばして突いてくる……

杖の伸縮はアヤトの目にも留まらないほどの速さで行われており、避け続けるアヤトは距離感を狂わされていた。

アヤトすら目で追えない杖の伸縮を観客が理解できるはずもなかったが、ただ一つ、アヤトが防戦一方になったことだけは理解できていた。

しかしそんな中、アヤトは不敵に笑う。

「んじゃ、俺も新しい籠手の性能を試してみるかね」

エリーゼの猛撃に、アヤトは状況を変えるための一手を打つ。

その一手とは、進化した『黒神竜の籠手』を右手に出現させることだった。元は普通の赤い籠手だったそれは、進化したことで赤黒い竜の手のような、刺々しいものに変わっている。

そしてアヤトは片手を開いた状態で突き出し、エリーゼの突いてきた杖の先端を押さえ込んだ。

「その籠手は……？」

「ファンタジーっぽくていいだろう？　通販で取り寄せたんだぜ、これ」

そんな冗談を言いながら、アヤトは攻撃に転じる。

しかし先程までとは違って、使っているのは右手のみだった。

「っ⁉　まだ本気を出さないおつもりですか……！」

「何言ってんだ？　右手だけはちゃんと本気出してるぞ？　だから反撃できるんじゃねぇか。それにしても、この籠手、結構丈夫だな」

アヤトはあっけらかんとそう言うが、『右手だけでお前を倒せる』ということでもあった。

その意図に気付いたエリーゼは、わずかに眉をひそめる。

「これがあなた様と私の差、ですか……」

「まぁ元の世界じゃ、あんたみたいな達人を数人同時に相手したことだってあるしな――」

そんな会話の途中、アヤトが掌底を打とうとした瞬間だった。

構えた途端に籠手が黒く淡い光を発し始め、アヤトが腕を伸ばしきると同時に、人一人は呑み込めそうなほどに太く青い光線が放たれたのだ。

その光線は、地面を抉るように溶かしながら直線に進み、あっというまに結界へと到達しようとしていた。

「は⁉」

あまりにも予想外な技が出てしまい、アヤトは慌てて光線を放っている右手を閉じる。

すると光線は結界の直前で霧散し、あとには溶けた地面だけが残った。

光線が出てから消えるまでに経過した時間はまさに一瞬で、周りにいた生徒はもちろんのこと、光線の先にいた者たちも逃げる間すらなくただ唖然とするしかなかった。

何が起きたのか、その優れた動体視力のおかげで一部始終を把握していたエリーゼは、アヤトに視線を戻す。

「……なるほど、一応私を屍すら残さずに消し飛ばそうとするくらいには本気、ということなのですね？」

「いやいや違うから。今の攻撃が俺の気持ちとかそういうんじゃなくてただの偶然。雪の日にくしゃみしたら凍った地面でツルッと滑ったとか、そんくらいの話だから」

エリーゼの言葉をアヤトは否定する。そもそも、アヤトは進化した籠手を実際に戦闘で使うのはこれが初めてで、こんな力があることすら知らなかった。

「では雪の日は危ないですね」

「くしゃみにも気を付けないとな」

「「ハッハッハ」」

冗談を言い合いつつも、無表情のままに笑い声を上げる二人。

ステージの端で二人のやりとりを見ていたカイとは、その恐ろしい光景を見て思わず悲鳴を上げてしまった。

そしてその笑いが終わらないうちに、双方が再び動き出し、ステージ中央でぶつかる。

アヤトの籠手とエリーゼの杖が衝突するたび、その衝撃が風圧となり、結界を越えて生徒たちに襲いかかる。

一撃、二撃。

十……二十……五十……百……

たった数分にも満たないうちに、何百と繰り広げられる激しい攻防。

エリーゼは絶え間なく杖で突き払い、アヤトはその全てを右手だけで受け、反撃していた。

お互いがその場から一歩も動くことなく攻防は続いており、観客たちは息を呑んで戦いの行く末を見守る。

そしてついに、終止符が打たれる時がやってきた。

「っ！」

突然、エリーゼの動きが止まったのだ。

その原因は、アヤトがエリーゼの杖を持つ右腕を掴んでいること。

ただそれだけ。

アヤトがエリーゼの片腕を掴んでいるだけで、彼女は動けずにいた。

「ご希望通りに本気を……ってわけじゃないが、そろそろ試合を終わらせたいんでね。多少本気を出させてもらうよ」

そう言われたエリーゼは、無表情のまま、アヤトを睨みつける。

「指一本動かせませんね……何をなさったのですか？」

「いわゆる経穴を押さえるってやつに近いのかな？　まぁ、他にも合気道や他の武術を組み合わせた応用技だよ。相手の体のある一部分に触れるだけで、全身の自由を奪う。それをさらに応用すれば、こんなことも……」

「ぐっ……!?」

アヤトが少し力を込めるだけで、エリーゼは呻き声を上げながら、なすすべなく地面に片膝を突かされた。

「相手の身体の自由を奪うだけでなく、主導権を握る。たとえ達人が相手でも効く技だよ……んで、ここからどうする？」

「……ならば、こうしましょう」

エリーゼは決意の表情を浮かべると、自らの体に力を入れ始める。

無理矢理に身体を動かそうとしているのだが、ミシミシと音が鳴っていた。

あまりの無茶に、アヤトは思わず問いかける。

「死ぬ気か？」

「死にはしないでしょう？　おそらく体のほとんどが回復不可能なほどに損傷してしまうくらいで……」

エリーゼの言葉を聞き、アヤトは腕をパッと離す。

「試合一つで死にそうになってどうする。そもそも、なんでそこまで俺に執着するんだ？」

「……私たち達人と呼ばれる人種にとって、あなた様方小鳥遊と手合わせするのは誉れなのです。最強の一族と名高い小鳥遊の方々と本気で戦い、もし生きて帰ることができれば、それだけで胸を張れるのです」

エリーゼは自分の腕や体が動くのを確認すると、再びアヤトに向き直り、伸ばした杖を構える。

「『最強』、ね……俺の先祖は一体何をしたんだか」

「全てご先祖様のせいだと思われているようですが、残念ながら、あなた様本人も相当名が知れ渡っておりますよ。『幼い時分に達人を一人で倒した、小鳥遊の跡取り』……あなた様のことでございますね？」

「あちゃー、俺もだったかー」

心当たりのあったアヤトは、自らの額をペチンと叩いて笑う。しかしエリーゼを見るその目は笑っておらず、獲物を見つけたような鋭いものだった。

「で、その『最強』に、お前は何を望む？」

「満足する闘争を」

アヤトの問いに、簡潔に答えるエリーゼ。

勝つか負けるか。死ぬか生きるか。殺すか殺されるか。

戦いの先にある結果を求めるのではなく、本気で戦うこと、それ自体に目的を見出した答え。

彼女の簡潔な回答に、アヤトは「そうか」と返す。

「それじゃ……十秒は耐えてくれよ？」

「十秒……？」

何の時間なのか。その疑問の答えを見つける間もなく、アヤトから凄まじい殺気が放たれる。

エリーゼはその殺気に身震いを起こし、振り向いてしまった。

なぜなら、エリーゼが殺気を感じたのは背後からだったからだ。

しかし実のところ、アヤトは一歩も動いていなかった。アヤトは殺気を飛ばすことで、背後にいると錯覚（さっかく）させたのだ。

敵を前にして背を向ける。そんなありえない彼女の行動の真意を理解した者は、本人とアヤト以外にはいなかった。

まんまと引っかかったエリーゼは、驚愕の表情を浮かべる。

「しまっ――」

そしてそれが罠（わな）だったと気付き再び振り返った頃には、アヤトの姿はすでにそこになく、彼女の腹部に激痛が走る。

エリーゼが視線だけを下に向けると、アヤトが貫手（ぬきて）を回転させながら自分の腹部に当てているのが見えた。

「――ねじり貫手」

アヤトの呟きと同時、エリーゼは勢いよく吹き飛ばされる。

彼女の身体はステージに張られていた結界を砕き、そのまま観客たちに突っ込んでいった。

数秒後、エリーゼが吐血（とけつ）してぐったりと倒れる姿を見たアヤトは、呆れ気味に口を開く。

「五秒も持たなかったな……ま、安心しろ、峰打（みねう）ちだ」

そしてブザー音が高らかに鳴り、唖然としていた教師の一人がステージ上に焦った様子で上がり、高らかに宣言する。

「そこまで！　コノハ学園、学内対抗模擬戦決勝、勝者決定っ！」

その宣言と同時にホイッスルが鳴り響き、数秒間の沈黙の後に地響きのような歓声が上がった。

それから、峰打ちと言いつつ実際は峰打ちでもなんでもない打撃を食らったエリーゼの腹部から大量に出血していることに気付いたアヤトは、慌ててこっそり回復魔術を使ったのだった。

第14話　授与式

俺たちは今、授与式の準備が整うのを待っている。

激戦が繰り広げられたステージは今はなくなり、今朝集合した時と同様に、広々とした中庭になっている。

俺たちがステージ上から降りたタイミングでルビアが現れたかと思うと、彼女が手を振るだけでステージが消えたのだ。思い返せば、学園編入初日に中庭の様子が短時間で変わっていたし、今朝アトリが言っていた「魔術で地形を変えている」という言葉と合わせて考えてみると、中庭は魔空間の一種なのだろうか。

そんなことを考えていると、カイトがはしゃぎながら話しかけてきた。

「アヤト先輩、優勝しましたよ！　しちゃいましたよ！」

「……おう」

カイトはかなり興奮している。落ち着かない様子でちょろちょろと動いて、まるで犬のようだ。

他の連中も盛り上がっていて、リナとサイは「やったね～」「うむ！」と言葉を交わし、リリスとメルトなんて最初の険悪ムードも忘れたように抱き合っていた。

しかし、そんな彼らとは対照的に、俺は一人、落ち込んでいた。

その原因は、俺がエリーゼを吹き飛ばした後に鳴ったブザー。

あのブザーは、俺の腕輪から鳴っていたものだったのである。

なんとエリーゼは、俺の技を食らった直後、カウンターを入れていたらしい。完全な不意打ちだったことや無意識下での反撃だったことに加えて、腕輪がダメージを無効化していたせいで、俺も攻撃を受けていたことに気付いていなかったのだ。

それではエリーゼのブザーがなぜ鳴らなかったのかというと、ミーナの時同様、俺の与えたダメージが大きすぎて、ブザーが鳴る前に腕輪が破壊されていたのだ。

なので結果として、俺もエリーゼも失格になってしまい、唯一カイトが端の方で生き残っていたおかげで改めて勝利を認めてもらったのだ。

しかし、優勝できてよかったものの、敵の攻撃は一つ残らず全て当たらないようにしようと思っていただけに、最後の最後に当たってしまったのがかなり悔しい。

「せんぱーい、そんなに落ち込まないでくださいよ。せっかく優勝したんですからー」

カイトが呆れ気味に言う。そりゃあ、優勝はしたけどさー……

「まぁ、あんだけカッコ付けて負けるのはカッコ悪いわよね」

「ぐふっ」

メルトが嬉々としていじってくる。

「えっと、なんだっけ？　『安心しろ、峰打ちだ』だっけ？」

「いやめろぉぉぉ！」

まるで黒歴史を掘り出されているような気分になるいじられ方だった。

するとへこんでいる俺を見かねたのか、リナがフォローを入れてくれた。

「だ、ダメだよメルトちゃん……メルトちゃんも、開始早々、何もできずに、負けちゃった、んだし……」

「ぐはっ⁉」

その正論に、メルトがダメージを受けていた。ありがとう、リナ。

「あの、先輩……」

俺がリナに感謝していると、カイトがこっそりと耳打ちしてくる。

「……なんだ？」

「その……模擬戦はもう終わったんですけど、これからも俺を鍛えてもらえないでしょうか？」

「ほう……つまり正式に俺の弟子になりたいと？」

カイトは俺の言葉に頷く。

「決勝戦の最後、先輩とエリーゼさんって人が戦ってるのを見て、まるでお伽噺の英雄が戦っているみたいだなって思ったんです。俺は、そんなあなたみたいな強さが欲しいんです！」

英雄、ね……

あまりにも過大評価過ぎて、つい大きく溜息を漏らしてしまう。

「そう言ってくれるのは嬉しいが、『英雄になりたい』なんてのは、誰もが思い描く幻想だ。その幻想を実現させるには、想像を遥かに超える苦痛を伴うことになるぞ……しかも俺みたいになりたいってなら、なおさらな。それでもか？」

「はい、俺もあなたみたいに、強くなりたいです！」

どうやら意見を変える気はないようだ。

しょうがないな。

「なら明日、学園が終わったら俺の家に来い。その時に、もう一度決意を確かめる」

「わかりました！」

カイトは嬉しそうな声で答える。

すると少し離れてリリスやメルトと喋っていたはずのリナが、興味ありげにこっちを見てる……気がする。前髪でわかりづらいけど。

なんとなくだが、こっちの会話に混ざりたそうな雰囲気を発しているように感じた。

もしかして、リナも鍛えてほしいとか？　まぁ別に、今更一人二人増えたところで構わないけど。

そうこうするうちに、生徒たちが集まっている前の地面が一メートルほど盛り上がり、体育館にあるステージらしきものが出来上がった。

そしてマイクを持った学園長がそこに上がる。ようやく授与式が始まるようだ。

「みんなお疲れ様、よく奮闘（ふんとう）してくれたね！　今年は高等部だけじゃなく中等部にも才のある子がいるようで嬉しいよ！　そしてその今回の勝者は……ほぼ中等部で編成された彼らだ！」

学園長がそう言って俺たちに視線を向けると、他の生徒たちもこっちを見る。

「優勝チーム、前へ！」

学園長の近くにいる、メガネが割れかけたラフ先生に呼ばれた。なんで全体的にちょっとボロボロなんだろうか？

……あ、そういえば、さっきエリーゼを吹っ飛ばした先にラフ先生がいた気がする。あれのせいか。

横を通り過ぎる際に軽く謝ったら、向こうも「気にしなくていいですよ」と笑って返してくれたのでほっとした。

そして表彰台の前に着くと、学園長が降りてきて俺たちの前に立った。相変わらず、ちんまりとしてるな。

カイトたちも同じことを思っているのか、微笑みを浮かべて和んでいる。

しかし学園長は気にした様子もなく、こっちもこっちで微笑んでカイトたちを見つめていた。

「さて、アヤト君の事情と実力を知っている者からすれば『ズルい』と言われるかもしれないが……彼は決勝戦までの試合中ほとんど何もしていなかったし、今回の模擬戦の功績は、カイト君たちのものだと言っていいだろう。おめでとう。特にカイト君。剣術に関して学園内では右に出る者はいないとまで噂されていたアルニアさんを打ち破った、あの戦いは見事だったよ」

「あ、ありがとう、ございます……！」

学園長の労い（ねぎらい）の言葉に、ようやく優勝した実感を得たのか、カイトの目からはポロポロと涙が溢れ出てきていた。

それにつられたのだろう、メルトやリリスも笑いながら涙を流している。

その光景を見て、やはり俺一人でチームを優勝させるようなプランにしなくてよかったと、改めて思った。

こいつらが、こいつら自身の力でここまで上り（のぼり）詰めてもぎ取った勝利だからこそ、ここまで喜べるんだ。

全部俺がやってたら、感動もクソもなかっただろうしな。

そんなことを考えながら、学園長の言葉を聞く。

「リナさんもあの弓捌き（ゆみさばき）は凄かったよ。メルトさんとリリスさん、サイ君もよくやった。そしてアヤト君――」

学園長が俺を見据えて微笑む。

「よくこの数時間で、彼らをここまで育てたものだ。もし君にその気があるなら、是非（ぜひ）この学園の先生を任せたいね」

「悪いな、学園長。こんな数百人を相手できるほど俺の懐は広くない」

「ははっ、そっか。それは残念だ」

あまり残念そうには見えない笑顔で答える学園長。ああ、これが『殴りたい、この笑顔』ってやつか。

「それじゃあ、優勝チームの君たちには、優勝した証であるトロフィーを授けます！」

学園長がそう言うと、他の先生が布を被せた何かを持ってきた。

布を取ったその下からは、自由の女神像のように右腕を上げたポーズで杯を掲げた銀色の像が現れる。大きさは学園長の腰から上くらいだろうか。

「これは『勝利の像』、『これからも敵に負けない強者であれ』と祈願して作ったんだ。都合上一つしか作れなかったから、これをチームの誰が受け取るかは、君たち自身で決めてくれ」

「じゃあ、カイトで」

「「早っ⁉」」

俺が即答すると、メルトとリリスの驚いた声が重なる。

「だって、今回一番の活躍をしたのはカイトじゃね？」

そんな俺の言葉に、カイトが焦ったように否定してくる。

「いやいやいや！　明らかに先輩でしょ⁉　先輩があの女の人を倒してくれたおかげで優

勝できたようなものなんですから！」

「でも、お前らが頑張らなければ、俺はわざと負ける気だったぞ」

「……マジですか」

マジです。

当たり前だろ、こんな遊びに俺だけがマジになるわけない……とかこの場で口に出しちゃうと反感食らいそうなので、思うだけにしておく。

「っていうことで、ほい、カイト」

学園長から受け取ったトロフィーをそのままカイトに手渡すと、困った顔をされる。

「ありがたい話ですけど、やっぱり俺がっていうのはちょっと……それにデカくてちょっと置き場に困るので。サイ、いる？」

カイトがサイに差し出すと首を横に振る。

「俺も受け取る気はない。足止めはできたが、あまり活躍はしていなかったしな」

「そっか……じゃあ、メルトかリリス、リナは？」

「「邪魔」」

メルトとリリスのセリフが重なり、リナも首を傾げる。

「ちょっと大きい……かな？」

サイ以外は、トロフィーが大きいという理由で受け取ろうとしないようだった。

「ちょ、ちょっと⁉　優勝賞品だよ⁉　なんでそんな邪魔物扱いするの！」

「しょうがないだろ、実際無駄にデカいんだし……ん？　デカい？」

　自分の言葉で、あることに気付いた。

　学園長が目の前で「無駄とはなんだ、無駄とは！」と説教を始めるが、俺はそんな話を聞かず、カイトから返されたトロフィーを片手で掲げるように持ち上げる。

　そして――

「そぉい！」

　地面に向かってぶん投げた。

　トロフィーは地面に接触すると、バキンッと音を立てて粉々(こなごな)に砕け散る。

「だいたいアヤト君、君のお屋敷は広いし――ってあぁぁあぁあぁあっ⁉」

　俺に矛先(ほこさき)を変えて説教を始めていた学園長だったが、あまりのショックに、某(ぼう)有名絵画の叫び顔のような表情になってしまっていた。

「何してんの？　ねぇ、何してんの⁉」

　俺の肩をゆっさゆさ揺らして、半泣きの学園長。

「いや、大きいっていうから」

「だからどういうことなの！　砕く意味は⁉」

　騒ぐ学園長を横目に、粉々になった元トロフィーを拾い集める。

メルトとリナにはそれぞれ片腕を、サイとカイトには片足ずつ、リリスには胴体を、そして俺は頭を受け取る。

「ほら、これでみんな丁度いいサイズで行き渡っただろ？　……あ、台座が余ったな。じゃあ、これ返すわ」

トロフィーの台座となっていた平らなものを俺から差し出された学園長は、反射的に受け取ってから数秒間見つめる。

そして学園長もまた、その台座を勢いよく地面へと投げ付けた。

「いるかこんなもんんんんぁぁあああああっ！」

こうしてトロフィーが学園長の目の前で砕かれるという前代未聞の出来事を経て、俺たちの学内対抗模擬戦は終了を告げたのだった。

☆★☆★

学内対抗模擬戦が開催されたその日、アヤトたちが学園に登校し、お昼に差しかかった頃。

「フィーナ様、足元失礼します」

リビングのソファーに腰かけているあたしに、ウルが堅苦しい口調で声をかけてきた。

どうやらその手に持っている掃除機で、ソファーの下を綺麗にしたいようだ。

ルウの方も、布巾を使って食卓を綺麗にしていた。背が足りないせいで食卓の中央まで手が届かないらしく、専用の台を置いて上りながら拭いている。

少し鬱陶しく思いながらも、膝を折り曲げて足を上げる。

ちなみに、いつもなら騒がしい精霊王たちも、今日は学校の見学がしたいとかでアヤトの中に入っているので、この屋敷にいるのはウル、ルウの二人とあたしだけだ……ああ、ミーナが召喚した白竜の子供のベルと、メアが召喚したブラックスケルトンのクロもいたっけ。

「……」

するとその時、ウルがあたしの足をジッと見つめているのに気付いた。

掃除しやすいようにわざわざ退いてやってんのに、何をしているのかしら？

「何？」

「フィーナ様の足、とっても綺麗なの」

ウルは憧れているかのようなキラキラした目をしてそう言った。

「急にどうしたのよ？　あたしの足なんて普通でしょ……」

そこまで言ってハッと気付いた。

ウルとルウは元々奴隷。普通じゃないんだ。

もしかしたら、取り返しの付かない傷を負っているのかもしれない……なんて思っていると、ウルがメイド服の裾を上げ、自分の足を見せてくる。

「フィーナ様みたいに綺麗じゃないの。ポヨンポヨンなの」

しかしその足には傷など一つもなく、子供っぽくすべすべしていた。

なんだ、ただの思い過ごしだったじゃない……って、なんであたしがこいつらの心配なんかしてるのかしら？

「今は仕方ないんだから我慢しなさい。大きくなったら、きっとあたしみたいになるわよ」

「そうなったらフィーナ様とお揃いなの！」

嬉しそうに屈託のない笑みを浮かべ、抱き付いてくるウル。

ホント、なんでこんなに懐かれちゃったのかしら。

ウルもルウも、あたしを姉のように慕ってくれる。

特にウルは同じ魔族だからか、かなりベタベタしてくる。

「あ、ウル！　ズルいです！」

そしてそんなウルの様子を見て、ルウが同じように抱き付いてきた。

頭をグリグリと押し付けてくるのが、どこか愛らしく感じてしまう。

ただ……抱き付いてくる場所があたしの足っていうのはなんなのかしら？

折っていた膝を伸ばし、ウルとルウがしがみついたままの足をばたつかせるように上下に動かす。

二人共、子供と言っても結構大きいから重いかと思ったけど、意外と動かせるものね。

そんなことを考えながら、キャッキャと喜ぶウルたちの姿を見て、つい和んで微笑んでしまう。

……ペルディア様が大変な時に、何を呑気なことをしてるんだろう、あたしは。

今すぐにでも飛び出して魔族大陸に戻りたいけど……勝算がない。

グランデウスと名乗っていたあの新魔王とやらが、本当にペルディア様よりも実力があるのなら、あたし一人が何かをしたところで奴には勝てない。

そもそも魔王には、魔王と呼ばれるだけの所以が二つある。

まず一つは、闇魔法への適性があること。

もう一つは、魔法魔術と肉体が、一定以上のレベルにあること。

そしてそれら二つの条件を満たす者が魔王を選ぶ『器』に認められれば、晴れて魔族を統べる者、魔王となれるのだ。

しかも魔王になると、さらに力が増幅するという話もある。

もしグランデウスが実力行使で正面からペルディア様を破り、魔王になってしまっているのだとしたら……ただでさえ魔王を倒せるレベルなのに、新たな魔王になって力が増幅されているということになる。

そんなの、あたしだけじゃ絶対勝てない。

だからあの、規格外の化け物……アヤトをぶつけるしかないのだ。

闇の魔術の一つである干渉魔術、しかも新魔王が使う強力なそれを受けても、あいつは気にした様子もなかった。

そもそもあの『災厄の悪魔』を従えてるんだし、魔王なんて目じゃないわよね。

それにあいつは、利用されるのを承知の上であたしをここに置いてくれてる。

お人好し……と思いたいけど、あいつの場合はただ単に、あたしなんか反抗されようがどうとでもなると思っているのだ。

いつだって、捕まえようと思えば捕まえられるし、殺そうと思えば殺せる。

そしてこれは逆に、不意を衝かれたとしてもあたし如きには殺されない自信がある。ということにも捉えられる。

だからあたしの行動を制限することなく、好きにしていいなんて言ったんだ……ムカつく。

ムカつくムカつくムカつく！　その余裕がムカつく！

なんで自分が殺されかけたり魔王に狙われたりしてるのに、平然と学園なんかに行ってるのよ⁉

実力だけじゃなくて精神的にも、どっかネジが外れておかしくなってんじゃないの？

……まぁこんなこと、本人に直接言おうもんなら、腰巾着（こしぎんちゃく）の連中、特に悪魔のアイツが黙ってないから言えないんだけどね。

「はぁ、何もできないってもどかしいわね……」

「フィーナ様、何かしたいです？」

「お暇ならお掃除を手伝ってみるの？」

ポツリと零れた独り言（ひとりごと）に反応するウルとルウ。

本人たちにそんなつもりはないいんだろうけど、暇なら手伝えと言われた気がして、ちょっとムッとしてしまう。

「いいわよ、掃除なんて適当で。あんたらも、そこそこにして遊んだら？　朝から掃除しっぱなしじゃない」

「でも、綺麗にした方がいいです？」

ルウの真面目（まじめ）さに、あたしは痛くなりそうな頭を押さえて溜息を吐く。

「あのね……あんたらの行動見ててずっと言いたかったんだけど、使わない部屋なんて掃除しなくていいでしょ？　それと、一部屋を一回掃除すればその日はもうしなくていいのよ。あんたら何回目よ、この部屋掃除するの」

あたしの言葉に、ウルたちはお互いに顔を見合わせ、指折りで数え始めた。

「数えなくていいわよ、二回以上の時点でやり過ぎだって理解しなさい！」

あたしがそう言うと、「あー」と思い出したように口を揃え漏らす二人。もう疲れるわ、こいつら……

「クゥーン」

すると突然、甘えるような動物の鳴き声が横から聞こえてきた。

そちらに視線を向けると、ベルとその背中にまたがったクロがいた。

どうかしたのかと思っていると、ベルが頭を擦り付けてくる。

「何よ、お腹減ったの？」

あたしはそう言って、たまたま机の上にあった林檎(りんご)を差し出してみる。

「クゥ？　キューン♪」

嬉しそうな声を出し、ベルはその林檎を――

バクリ！

――あたしの左手ごと食べた。

…………

「嫌アアアッ⁉　ちょっと何してんのよ、このバカ竜！」

急いで引き抜こうとしたのだけれど、吸引力と言えばいいのかなんなのか、全く抜けない。

くっ、子供とはいえ、力はやっぱり竜だわ……！

食われた手にぬるりとした感触。

「舐めんなっ！　林檎はもう食ったんだから、あたしの手まで食おうとするなっての！　この――」

片足をベルの真上まで上げ、そのまま落とす。

「変態がぁぁぁっ‼」

「ぴぎゅうっ⁉」

脳天に踵落としを食らったベルは、やっとあたしの腕を吐き出す。

うわっ、臭っ！　何よこれ……ちゃんと歯を磨かせないと汚いじゃない。

ベルを見ると、伏せの状態になって、今にも泣きそうなウルウルした瞳でこっちを見上げていた。そんな目をしても甘やかさないんだからね。

それから少し経って夕方。いつもなら、そろそろアヤトたちが学園から帰ってくる時間だ。

「ただいまー。いやー、今日の模擬戦はすごかったぜー」

そう思っていると、玄関の方から扉を開く音と声が聞こえてきた。

この元気を通り越してやかましい声は、姿を確認しなくてもメアだとわかる。ってことは、ミーナも一緒にいるはずだ。

私は玄関に足を運んで、ミーナと話をつけることにした。

「ちょっとミーナ」

私の声に、「に？」と首を傾げてちょっと猫っぽく返事をするミーナ。

「今日ベルに噛まれたら、めちゃくちゃ臭かったんだけど。あんた、あいつの飼い主なら面倒くらいちゃんと見なさいよ。おかげでお風呂入ってもまだ気持ち悪いんだけど？」

まだあの食われた時の触感が残ってるし。

「少なくとも、歯は絶対磨かせなさい！　あれでまた甘噛みでもされたら……」

「ん。善処する」

ミーナの曖昧な返答にイラッとする。

「次、あいつに噛まれた時に今以上に臭かったら、あの口の中にあんたの頭ぶち込むからね……？」

「い、イエッサー！」

凄んで脅すと、背筋を伸ばして敬礼するミーナ。これでやってくれるといいんだけど。

そこで一息吐くと、アヤトがジッとこっちを見てるのに気付いた。

「そんで、お出迎えの挨拶は言ってくれないのか？」

そう言ってニヤニヤとする。殴っていいかしら？

多分こいつは、あたしに「おかえり」と言わせたいのだろう。

あたしがこいつに？　冗談じゃない、絶対言ってやるもんか。

心にそう決めたあたしは、舌を思いっ切り出して態度で示してやった。

「べーっ！」

第15話　近況報告

模擬戦の翌日は、学園の終業式だった。これで明日から夏休み、つまりは魔族大陸へ行けるようになったというわけだ。

本来なら半日で終わる終業式に出る……筈だったのだが、俺たちは今現在、メアの祖父であるルークさんに呼び出されて城の応接間にいた。

メアとミーナと一緒にソファーに座り、ルークさんがやってくるのを待っている。

そしてメアはといえば、城の中での服装は『姫様服』と決めているようで、会った時と同じピンクのヒラヒラドレスを着ていた。

正直言ってしまえば、その服を着て大人しくしていれば普通に可愛らしい女の子に見える。

だけど現在、メアは足を組んだ上に膝に頬杖を突いて、加えて頻繁に舌打ちまでしているため、全てが台無しだ。

「なに見てんだよ？」

俺の視線に気付いたメアが、ちょっと恥ずかしそうに睨んでくる。

「色々言いたいことはあるが、とりあえず舌打ちはやめとけ」

俺の指摘を受けたメアは、頬を膨らませながらも舌打ちをやめてくれる。

それからそれほど時間が経たないうちに、応接室の扉が開き、ルークさんが入ってきた。

「いきなりすまんのう、アヤト君」

「いや、大丈夫だ。どうせ今日は、学園長の長ったらしい話で終わるだろうし。それで用事って？」

そう言いながらルークさんが中に入ってくると、続けて秘書っぽい雰囲気の女の人も続いて入ってきた。

学園長と同じようなスーツを着ているが、それなりに身長のあるスラッとした体型なので、出来る女という感じがする。

比較対象が学園長しかいないからアレだけど、遥かに似合っているな。

ルークさんがそう言いつつ向かいのソファーに座ると、その女は斜め後ろに立って待機した。

「いや、用事というほどではないがのう。ただ簡単に、経過報告をしてもらいたのじゃ……ああ、そこの彼女はフウという。わしの補佐をしてくれている優秀な者じゃ。ただここにいるだけだから気にしなくてもよい」

ルークさんは質問に答えつつ、俺が視線を向けているのに気付いたのか、補足するようにその女性を紹介してくれた。

「なるほどね。これからも、経過報告は俺がこうやってちょくちょく来ればいいのか？」

「それもありがたいが、最近はそちらにミランダがお邪魔してると聞いたのでな。それが本当なら、彼女に報告役を担(にな)ってもらおうと思っておる」

「ええ……」

そんな正当な理由を与えちゃったら、来るななんて言えなくなるじゃん……

「しかしメアの様子を見る限り、報告を聞かずとも大丈夫なようじゃな。アヤト殿に任せる前とは違い、凛(りん)とした雰囲気がある。心なしか体付きも逞(たくま)しく見えるような……」

ルークさんの発言にドキッとする。

普通に考えたら、無断(むだん)で姫さんを鍛えたのはまずいよな……

いや、誤魔化しようはいくらでもある。落ち着け、俺！

「学園での問題を解決したことがそれだけ大きかったんだろ、きっと」

「そうじゃな。アヤト殿には感謝の言葉しかない。これなら先に逝(い)った馬鹿息子共に顔を合わせられそうじゃ」

「縁起でもないこと言ってんじゃねえよ」

俺の無理がある言い訳をあっさりと受け入れたルークさんは、そう言って寂しそうに笑い、メアも泣きそうな顔で俯き呟いた。

まるでお通夜のような重苦しい空気になってしまった。

ルークさんの息子……そうか、メアの父親の姿を見たことがないと思ったら……いや、『共』ってことは母親もか……キツいな。

しばらくして、気を取り直したルークさんが顔を上げる。

「すまん、この歳になると暗いことばかり考えてしまってな。さて、こんな辛気臭い話はやめるとしようかの。おぬしらは夏休みはどう過ごすつもりじゃ？」

この質問にはどう答えようか。素直に「魔族の大陸へ行くつもりだ」なんて言えるわけがないし。どうしたものか……

「わしとしては夏休みの間、城に戻っていてほしいのじゃが……」

「嫌だよ！」

メアは『べー』と舌を出す。

「せっかく学園の方が楽しめるようになってきたんだ。快適な家も見つかったし、また次の長期休暇までは向こうで楽しませてもらうぜ？」

メアの答えにルークさんは目を見開いて驚き、そして優しく微笑む。

「……変わったのう、メア。そうか、お前がいいのならそれで構わない」

「変わったって、どこがだよ？」

メアはそう言いつつもその答えがわかっているのか、少し恥ずかしそうに頬を赤くしながらそっぽを向く。

「学園を楽しんでおるところが、じゃよ。ちょっと前までは学園という言葉を聞くだけで耳を塞ぎおったからのう。それに言葉遣いはまだ乱暴だが、相手を威圧するようなトゲトゲしさがなくなった。すっかり年頃の通りの女の子じゃな！」

「何当たり前のこと言ってんだ、俺はどう考えてもちゃんとした『年頃』の『女の子』だろうが！　ボケたかジジイ？」

そう言うメアは机に足を乗せ、「あぁん？」と不良のように下から見上げている。百歩譲って『年頃』だとしても、それはただの反抗期なだけで、その行動も『女の子』とはあまりにも掛け離れていた。

「戦うのが好きで、将来の夢が冒険者とぬかす年頃の少女がどこにいる？　それしか選択肢のない者ならいざ知らず、温室育ちなのに好きで剣を振るう女の子などお前だけじゃよ、メア。ふむ、しかし……好きな者でも作ったか？」

唐突すぎるルークさんの言葉に、部屋の空気が固まったように感じた。そしてメアの顔が、徐々に赤くなる。

「は……はぁ!?　何言ってんだクソジジイ！」

やがてメアはタコのように顔を真っ赤にして立ち上がり、その部屋から逃げるように出ていってしまった。

「怒らせてしまったか……」

「そりゃあ、本人に言ったらな。んで？　わざとメアに席を外させた目的はなんだ？」

俺がそう言うと、ルークさんはニッと笑う。

「バレていたか、流石アヤト君じゃ。なるべくメアには聞かせたくなかった話でな」

「メアに聞かせたくない話？」

そう聞き返すとルークさんは困った表情になり、自らの髭をいじる。

「うむ、ミラのことなんじゃがな……どうにも様子がおかしいんじゃ」

あー、早速心当たりが出てきた……ここは適当に絡ませておこう。

「あいつの頭がおかしいのは最初からだろ？」

「誰もそこまで言うとらんのじゃが……性格が、というのであれば、あの決闘で君に伸されてからずいぶん丸くなった。むしろいい方向に転んだと言ってもいいだろう。しかしあれは……」

そしてルークさんは語り出した。数日前に回復したミランダと顔を合わせたらしいのだが、その時あいつは「また彼と戦えるだろうか」と頬を赤くして言い放ったそうだ。

　やっぱ頭おかしいじゃねえか、あいつ……

　そんな内心が表情に出ていたのか、ルークさんは俺の顔を見て溜息を吐く。

「やはり復帰したとはいえ、今の不安定なミラをメアに近付けすぎるのはやめた方がよさそうだな……先程の報告役をミラに任せるという話は無しにして、アヤト君には、引き続きメアを守ってもらいたい」

「まぁ、そんなことだろうと思ったよ、任せろ。たまには経過報告しに来てやるから」

　話はそこで終わりということで、自室に戻って着替えてからいじけていたメアを迎えに行き、そのまま帰ることにした。

　今日の学園の後にカイトが来る予定なので、少し急いで帰りたい。そう思って走って帰ることを伝えると、ルークさんは驚きの表情を浮かべた。

「本当にいいのか？　走って帰るなど……馬車の用意はすぐにできるぞ？」

「ああ、走った方が早いからな。気を遣ってくれてるのに悪い」

　心配そうに見てくるルークさんを他所に、俺はミーナとメアをひょいと両脇に抱え込む。

「アヤト!?　これどういうことだ!?」

「メア、ちゃんと掴まった方がいい」

　混乱しているメアへ、かつて俺にお姫様抱っこで運ばれた時のことを思い出したのか、げんなりした様子でミーナが伝える。そのアドバイスに、「え?」と声を漏らすメア。

俺は途中で落とさないように、二人をしっかりと抱え直して走り出す。

「う……うおぉぉぉぉっ!?」

あまりのスピードにメアが悲鳴を上げていたが、構わずに走り続けた。


走ること三十分ほどで、学園が見えてきた。

学園の敷地は二階建ての家ほどの高さのある石垣に囲われているのだが、入り口まで回るのも面倒なので、そのままひとっ跳びして石垣を越えて、屋敷へと向かう。

屋敷に近付くと、玄関の前に三人の人影があった。

カイト、リナ、エリーゼの三人だ。

まだ少し遠いにもかかわらず、エリーゼはすでにこちらに気付いたのか、こっちを見ていた。

「おっ、お前らもう来てたのか」

「あっへい!?」

玄関先まで移動して声をかけると、カイトが奇声を発しながら振り返る。

リナも驚いていたが、カイトだけは異様に緊張した様子だった。

とりあえず反応が薄くなっていたメアとミーナを地面に下ろす。

「うぅ……おえっ……気持ち悪……」

「……うぇっ」

二人とも手と膝を突いて、今にも吐きそうに嗚咽していた。

「ちょっと飛ばし過ぎたか。んで、カイトは何を緊張してんだ？」

「だってここ……幽霊屋敷で有名なところじゃないですか⁉　ここに住んでるんですか？」

「ああ、その幽霊騒動の原因を解決したから、寮代わりに住まわせてもらってるんだよ」

俺の言葉を聞いたカイトとリナは驚きの表情を浮かべる。

「解決って、もしかして本当に幽霊がいたんですか？」

「いや……まぁ、その話は入ってからにしよう。お前ら、大丈夫か？」

メアとミーナに声をかけると、二人はフラフラしながらも立ち上がる。

その様子を見て不思議に思ったのか、カイトが聞いてくる。

「っていうか、何したんですか？」

「何って……ライナからこいつら抱えて走ってきた」

「なんでですか⁉」

「まぁ、メアの……こいつの実家に帰ってたんだ。で、ライナからなら、馬車を使うよりも走った方が早いんだよ。ってわけでメアたちが耐えられる速度ギリギリまで抑えて走ってきた」

そう言うと、カイトが「走った方が早い？」と首を傾げて混乱し始めてしまう。

「……ん？　誰だ、こいつら。三つ編みとは昨日戦ったけど」

するとようやく落ち着いてきたメアが、カイトたちに気付いた。

そんなメアの疑問に、おなじくようやく落ち着いた様子のミーナが答えてくれる。

「あの三つ編みの人はエリーゼ。他の二人はアヤトのチームにいた……名前は知らない」

メアが「へー」と興味深そうに三人を見る。

「そういや、アヤトたちとは会う前に負けちまったしな。俺はメアってんだ。一応ライナの王様の孫だけど、そういう堅苦しいのは別にいいからな」

「よ、よろしくお願いします……」

ぶっちゃけた自己紹介をするメアに対して、頭が追い付いていないカイトが戸惑いながら答える。

続いてミーナが挙手（きょしゅ）する。

「ん、ミーナ。冒険者……ちなみに年齢はアヤトと同じ十八歳。成人は過ぎてる」

「嘘ぉ!?　っていうかアヤト先輩も十八だったんですか？」

あれ、俺の歳のことは教えてなかったっけ？　と思いつつ、驚きすぎだろうと苦笑する。

まあ確かに、ミーナの見た目からしてもっと年下だと思うのはしょうがないよな……なんて思っていると、カイトの反応が不満だったミーナが頬を膨らませて「嘘じゃない」と言う。こう見ると本当に成人とは思えないよな。

カイトは一度深呼吸して落ち着くと、自己紹介した。

「俺はカイトです。中等部一年一組です」

「私、はリナです。カイト君と、同じ、一年一組、です。上手く喋れなくて、聞き取り難いから、迷惑をかけるかも、しれませんが、よろしく、お願いしま、す……！」

ちょっとだけ勇気を振り絞ったのか、前より声を張り上げるリナ。

エリーゼも深々と頭を下げる。

「高等部、三年一組のエリーゼと申します。出身はおそらくアヤト様と同じ場所となります。こちらのお二人がアヤト様に会いに行くとのことでしたので、付いてまいりました。どうぞ、よろしくお願い致します」

よそよそしく堅苦しい口調で話すエリーゼ。やはり熟練のメイドのような雰囲気があるな。

「んじゃ、とりあえず中に入ろうぜ。多分色々と驚くだろうから心の準備をしとけよ。サプライズ用意してあるから」

そんな俺の言葉に、カイトは乾いた笑い声を上げる。

「ハハハ、まさかこれ以上のサプライズがあるんですか？　というかサプライズがあるってバラしたら、サプライズじゃなくなるじゃないですか」

「大丈夫だ、安心しろ。お前らはまだまだ常識の範囲内にいるんだし、どんだけ覚悟してても驚くことになるから」

俺はそう言いながら、カイトたちを連れて屋敷の中へと入った。

第16話　サプライズ

「か、カイト君、大丈夫……？」

先輩の後を付いていこうとしていた俺に、リナが声をかけてきた。

「大丈夫だ、問題ない……！」

そう言いつつ体の震えが止まらない。問題大ありである。

正直言ってしまえば、俺は幽霊とかそういう類(たぐい)の怖いものが苦手なのだ。

だけど先輩が「幽霊騒動は解決した」と言ったのなら、それを信じて行くしかない！

俺はリナとエリーゼさんの前を行き、玄関の扉をくぐる。

「「おかえり、アヤト！」」

扉を潜(くぐ)ってすぐに驚きの光景に遭遇した。

妙にプルプルした肌のカラフルな子供が五人、空中を漂って、俺たちを出迎えてくれていたのだ。

「あぁあぁぁぁぁっ⁉」

まさにソレっぽいものを見てしまった俺は、思わず叫んでしまった。

「お前ら、客人を呼んだからあまり騒ぐなよ？　特にアルズとかその辺り」

しかしアヤト先輩は普通に接していた。どころか、五人のうちの赤い子に注意している始末だ。

その光景を見て、俺も徐々に冷静さを取り戻してくる。

「えー、あたしだけ？　他の子はー？」

「ルマとかいつも大人しいだろ。シリラもお前がいなかったら騒がねえし……オルドラもそうだが、あんまはしゃぎ過ぎると『赤ちゃん』とか適当な名前に格下げするぞ」

「それはやだー⁉」

赤い子がショックを受けたような表情を浮かべる。そしてこれ以上騒ぐとまずいと考えたのか、水色の子以外が宙を移動し始めたと思ったら先輩の体の中に溶けるように消えていってしまった。

「先、輩……今のって……？」

恐る恐る先輩に聞いてみると、先輩はニッと笑う。

「早速驚いたみたいだな」

さっき言ってたサプライズって、これのことだったのか？

「今のは精霊王たちだ。赤いのが火のアルズ、緑のが風のキース、茶色が土のオド、黄色が雷のシリラ。あと、そこにいる水色が水のルマだな。他にもう二人いるが……」

「自己紹介ですね、わかりました」

どこからか聞こえる女性の声。っていうか先輩の体から聞こえた気が……？

すると先輩の体からキラキラした光のようなものが溢れ、それが徐々に二つの人の形へと変わっていった。

一つは、褐色肌で紫色のドレスを身に纏った女性になる。白目部分が黒く瞳も黄色いから、明らかに人間ではない。

そしてもう一つは、天井に頭がつくんじゃないかってくらい大きな、筋骨隆々(きんこつりゅうりゅう)の男性になった。屈託のない笑みを浮かべ、腕を組むその姿からは威厳(いげん)すら感じる。

「私は闇の精霊王、ココアと申します」

「光の精霊王、オルドラだ。長い付き合いになるかこれっきりになるかはわからんが、我らもよろしく頼むぞ、アヤト殿の学友たちよ」

「あっ、はい……こちらこそ？」

二人の挨拶に戸惑いながらも答える。

お伽噺の登場人物のような容姿の二人だが、不思議と安心する感じがする。

それはまるで、両親がそこにいるような、優しく包み込まれるような感覚だった。

エリーゼさんとリナの反応を横目でチラッと見てみると、エリーゼさんは相変わらず無表情のままだったが、その一方でリナは俺と同様に困惑した様子で、先輩に問いかけていた。

「待ってください……精霊王って⁉」

「精霊王って言ったら精霊の王に決まってるだろ？　それに他にも面白い奴らがいるんだが……」

先輩がそこまで言った丁度その時、俺たちの背後から何かが軋むような音が鳴る。

心臓が飛び跳ねそうになるのを我慢して振り返ると、扉があったはずのそこは、黒く空間が裂けたようになっていた。

これって、昨日先輩が使ってた魔空間ってやつと同じ……？

そう思っていると、裂け目の中から黒い執事服を着こなした男の人が出てくる。

「おや、アヤト様、おかえりなさいませ。私もただいま戻りました」

俺たちのことなど気にした様子もなく、笑顔で先輩の名前を、しかも様付けで呼んだ。

執事の人……？　もしかして先輩って実は結構偉い貴族だったり⁉

「言っとくがこいつは執事じゃないし、俺は偉い貴族でも何でもねぇぞ」

まるで俺の心を読んだかのように先輩がそう言って、「当たってるだろ？」と笑う。

「じゃあ、この人って……」

「学園の授業で召喚した悪魔だ」

「悪魔のノワールです」

おそるおそる聞いた俺に、あっけからんと答えてくれる先輩と、自己紹介するノワールさん。

悪魔……悪魔か……

「悪魔と言ったらあれですね、二十年前の、災厄の悪魔が戦争に介入してきた事件が有名ですよね」

俺はハハハと笑いながら、頭の片隅に浮かんだ情報を、何も考えずに口にする。

さっきから精霊王とか悪魔とか、現実逃避したくなる。

「ああ、それはあの戦争のことですね。よくおわかりになられましたね、私が当事者だと」

……もう、思考を放棄したい！　当事者って、この人が災厄の悪魔ってこと⁉

あまりにも非現実的な情報ばかりで、思っていたことを口にしてしまう。

「なんですか、精霊王とか悪魔って？　冗談にしてもタチが悪いんじゃないですか？」

「小僧……誰の、何が冗談だと？」

俺の言葉にノワールさんは眉間にシワを寄せ、眼球を黒く変色させる。アッ、人間ジャナイ……

「まぁ、落ち着けノワール……あとウチに住んでるのはもう四人いるんだけど、とりあえず立ち話もなんだし、中に入ってくれ」

「は、はい……」

状況についていけず心が折れそうになりながら、先輩の後を付いていく。

「先輩の家って……どうなってるんですか？」

「さぁな、俺が聞きたいくらいだ。授業で召喚したのが悪魔、この屋敷に出るって噂になってた幽霊が精霊王、しかも自称竜が店売りされてたんだもんな……」

「はぁ……って竜？」

「ああ。と言っても今は竜人の姿だし、竜の姿なんて見たことないから、自称だと思ってるけど」

竜を自称って……どんな人なんだろ？

「告。自称ではなく、ヘレナは歴とした竜です」

すると突然、背後から女性の声。

そちらを振り返ろうとすると、何か柔らかいものが顔に当たり、弾き飛ばされた。

「ぶふぇっ!?」

勢いよく弾き飛ばされた俺は壁に激突して倒れる。一体何が……？

なんとか頭を上げると、そこには銀色の長髪と、見たものを貫くように鋭く赤い瞳をした綺麗な女性が立っていた。

体の所々に黒い鱗(うろこ)が見えるから亜人っぽいけど……

「おー、凄いな。胸で人が吹っ飛んだぞ」

「謝。すみません、娘が勝手に暴れてしまいました」

そう言ってその人は自分の大きな胸を見せつけるように持ち上げた。

え、もしかして俺、あの人の胸に殴られたの？

「……なるほど、男が言う息子とは逆の意味か。よかったな、カイト。爆乳(ばくにゅう)に吹っ飛ばされて死ぬなんて、多分人類史上初だぞ」

「ちょっと!?　そんな不名誉な人類史上初はいりませんよ！　っていうか、この人誰ですか？」

先輩に向けてそう言うと、女の人本人が小さく挙手して答える。

「告。ヘレナはヘレナです。先程も言いましたが、ちゃんとした竜です。蜥蜴やワイバーンと間違えられるのは不本意です」

「なんか証拠っぽいの見せてやれば？」

突然先輩がそんなことを言い出す。

「解。証拠と言っても、あまりそれらしいことはできませんが」

「できることでいいだろ」

「了。では……」

ヘレナさんはそう言い残して玄関から出ていき、見えるところで立ち止まって横を向く。

そして左腕を前に突き出した――かと思ったら、その腕が突然膨張する。

「「え、ちょっ……」」

俺はもちろん、先輩も予想していなかったのか、戸惑っている様子だった。

それからしばらくして膨張が止まると、そこには黒い鱗で覆われた大きな腕が出来上がっていた。

こちらに顔を向けてきたヘレナさんは、見るからにドヤ顔をしていた。

「告。少し小さめにしてありますが、竜の腕です」

「これで小さめ……」

それは、普通の民家一軒分くらいの大きさはあった。

たしかに竜といったら、『大陸を覆い隠すほどの巨躯を持つ』なんて伝承があることを考えると、このサイズにも納得できるな。

彼女は本当に竜なんだなという実感を得ると共に、さっきから立て続けに起こっている非常識な事態に脳が追いついていないのか、なんだか変なプレッシャーを感じて吐きそうになっていた。

「すみません、ちょっとトイレ貸してもらっていいですか……？」

「ああ、この廊下を真っ直ぐ行って突き当たりにあるぞ」

先輩たちに一礼してから靴を脱いだ俺は、言われた道を進む。

実際に吐くわけじゃないけど、一回落ち着きたい。

そう思いながら、トイレがあるという突き当たりに辿り着こうとしたところで――

「あら？　知らない顔ね……あんた誰？」

息苦しさに俯いていたので気付かなかったが、いつのまにか誰かの青い素足が、視界の端に映りこんでいた。

青？　と思いバッと顔を上げるとそこには、全身が青い肌で黒い角を生やした女の人が立っていた――裸で。

「魔、族……？」

魔族の特徴である青い肌、人間にはない黒い角と黒い眼球、黄色い瞳……人間とは、相容れることができないと言われる種族。

そんな魔族が先輩の家に、しかも全裸に小さいタオルだけを首にかけたお風呂上がりのような姿で立っている。っていうか、ホカホカしてるし、絶対お風呂上がりだ。

普通、この大陸で魔族と出会ったら、多少の緊張感が生まれるはず。だけど俺は、それどころじゃなかった。

「ま、前を隠してくださいっ！」

いくら相手が魔族でも、女性は女性。素肌を晒されていれば、こっちが恥ずかしくなってしまう。

しかし相手は、目を逸らそうとする俺の様子を気にすることなく近付いてきて、顔を下から覗き込んでくる。

「あたしはいーから、あんたよあんた。誰よ？」

「お、俺はコノハ学園中等部のカイトです。今日はアヤト先輩に誘われて来ました……」

「コノハ学園の……ってことは、あいつの後輩ってわけね」

「はい……それで、あなたは？」

なんで魔族がこんなところにいるのか気になってしまう。

視線を戻すと、彼女は悪戯好きの子供のような笑みを浮かべ、自分の体を隠すように抱き締めて俺を見る。

「やっぱりあたしのこと、気になっちゃうの？」

その色香が漂う笑いに、若干ドキッとしながらも頷く。

「この家、精霊とか悪魔とか竜とか……ありえない種族がいますけど、やっぱり魔族って、無条件で人間と敵対しているものだと思ってたので、なんでいるのかなって」

「……別にあたしだって、人間のことは嫌いよ」

どこか妖しい笑顔を崩さないまま答える魔族。

ただその口調からは、人間全てを無条件に憎んでいるような雰囲気は感じなかった。仲良くなれる人間がいることを知っていて、だからこそ今、この屋敷に住んでいるのかもしれない。そう考えると、この人となら仲良くやっていけるんじゃないかと思えた。

「本当はあたし、アヤトを殺そうとしてたのよ？」

しかし、続けられたその言葉を聞いた瞬間、背筋が凍りそうなくらいにゾッとした。先輩を殺そうとしたことを、まるで楽しい思い出話かのように話すから。

「なのにあいつは、そんなあたしに友人みたいに接してきて、しかもこの家に置いてくれてるし……段々とバカらしくなってきたのよ、『人間だから』って意地になって敵対しようとするのが」

「……凄いんですね、先輩って」

「バカよ、バカ。自分を殺そうとした奴を懐に入れるなんて。まぁ、それだけ実力と余裕があるからってのもあるんだろうけど……あ、なんだか思い出したら腹が立ってきたわ」

そう言って悔しそうに親指の爪を噛む魔族。殺すだのなんだの言ってるけれど、なんだか平和そうに見えるな。

そんなことを考えていると、突然後ろから声がかかった。

「誰がバカだよ。いつまでも裸で廊下をうろついてるお前の方がバカに見えるぞ」

振り返るとそこにいたのは先輩で、魔族に大きなタオルを投げ付けてきた。

「ちょっ、何すんのよ!?」

「お前こそ客が来てるのに、何裸で堂々としてんだよ。ちっとは気を遣えよ、フィーナ」

フィーナ……おそらく、それがこの魔族の名前なんだろう。

そういえば結局、名乗ったのは俺だけだったな。

「なんであたしが気を遣わなきゃいけないのよ？　どうせ屋敷にはほとんど女しかいないんだし、精霊王だの悪魔だのを除けば唯一の男のあんたが、あたしの裸を気にしてないんだもの。いいじゃない、別に！」

「よくない。これからこいつもここに住むことになるし、そこは自重してもらわないと」

「……ん？」

さらっと出てきた先輩の言葉に、俺は疑問を覚えた。

俺が……この屋敷に住む？　……なぜ？

混乱している俺に、先輩が確認するように尋ねてくる。

「カイトは寮住まいだったよな？」

「はい、そうですけど……ここに住むって？」

「お前にはここに越してきて、内弟子になってもらおうと思ってな」

内弟子ってたしか、住み込みで鍛えてもらう、あれのことだよね？

「いいんですか？」

「いいも何も、こうでもしないと武人祭に間に合わなそうだしな」

「武人、祭……？」

先輩の言っていることに理解が追い付かず、首を傾げる。

するど先輩も眉をひそめる。

「おいおい、忘れたわけじゃないだろうな？　『今回の模擬戦で目を見張る活躍をした者には、武人祭の集団戦への出場権を与えようと思う』。学園長がそう言ってたじゃねえか」

「……あっ」

マヌケな声を出して思い出す。

そうだった。模擬戦で優勝したから、完全に終わった気分になっていた。

「集団戦っつっても、俺以外の連中も力をつけるにこしたことはない。で、お前はこれからも訓練してほしいって言ってただろ？　それなら俺んちを拠点にして、みっちり訓練するのがいいだろって話」

「そうですよね、武人祭なんてあと一ヶ月もありませんもんね……」

「……は？」

俺がポツリと零すと、今度は先輩の方が声を上げた。驚いたように目を見開いている。

「一ヶ月？　今、一ヶ月って言ったか？」

「え？　はい、言いましたけど……武人祭って夏休みが明けてから結構すぐですよ？」

「……マジか」

先輩が急に頭を抱え出した。一体どうしたというのか。

そうしてしばらく考え込んでいた先輩は溜息を吐き、顔を上げる。

「よし、とりあえずリナたちはリビングに案内してるから、あいつらも交えて話をするぞ。フィーナは早く服着ろ」

そう言って先輩は、俺を連れてリビングへと向かっていった。


俺とリナ、そしてエリーゼさんは、先輩に勧められるがままに椅子に座る。

そこに少女たちが、水を運んできてくれた。

一人はメイド服を着た、青い肌の魔族の少女。

もう一人は……なんの衣装かはわからないが、綺麗な服を着た、赤い肌の少女。額に角もあるし、亜人かな？

二人共、瞳の色が左右で違うというオッドアイをしている。オッドアイの持ち主は滅多におらず、不吉の象徴などと言われることもあるが、俺はあまり気にしていない。

すると亜人の子が俺の目の前に水を出し、笑顔を向けてくる。

あまりの可愛さに、頭を撫でようと手を伸ばしかけるが――

「先に言っとくけど、そいつら二人共、お前らより力めっちゃ強いから変に怒らせるなよ？」

「……マジですか」

その警告に俺は伸ばしかけた手をそっと引っ込めた。

少女たちが寂しそうな表情を浮かべているけど、ごめん、君たちの頭を気安く撫でるにはもう少し心の準備が必要そうです。

「それで、さっき急に慌ててましたけど、どうしたんですか？」

俺がそう切り出すと、先輩が悩んだように唸り始める。

「実はな、夏休みに入る明日からちょっと用事があって、当分帰ってこられないんだ。そう考えると、特訓の時間が十分に確保できるか不安でな」

用事か……それなら仕方ないな。

「そうなんですか。その用事って、どのくらいかかりそうなんです？」

「わからん。なるべく早く帰ってきたいけれど、最悪夏休み全部使うかもしれない」

「そんなに⁉　一体何を……」

あまりプライベートなことは聞いちゃいけないのはわかっていたけれど、夏休み全部を使うような用事の内容が気になってしまい、思わず聞いてしまった。

すると、先輩の口から驚きの言葉が飛び出る。

「魔族大陸に魔王ぶっ飛ばしに行ってくる」

「「……はい？」」

俺とリナの声が重なる。

そりゃそうだ。「ちょっと隣街行ってくる」みたいなノリで、魔王倒すなんて言い出すんだもの。

一瞬冗談かと思ったけど、そんな様子でもないし……もしかして先輩って、実はどこかの国の騎士で、使命を受けて魔王を倒しに行くんじゃ⁉

と、そこまで考えて、それはありえないなと自分で否定する。魔王を倒しに行くとなると、国を挙げての戦争になるし、それならば俺たち一般人の耳にだって情報が入ってくるはずだ。

……待って。精霊王、悪魔、竜、そして先輩……まさか？

頭に浮かんできた当たってほしくない予想を、単刀直入にぶつける。

「まさかですけど、先輩たちだけで魔族の大陸に行こうとしてますか？」

「そのまさかだけど何か？」

まるで何も問題はないと言いたげな先輩。

戦力的にはまったく問題無さそうではあるのだが、見方を変えれば、戦争をしかけようとしているわけだ。

そりゃあ……俺たちを鍛えてる場合じゃねえや。

「そうですか……それじゃあ残念ですけど――」

「そこで思ったんだが、カイトたちも俺たちに付いてくるか？」

俺の言葉を遮った先輩はとんでもないことを言い出したのだった。

第17話　弟子入り

俺は今、厨房(ちゅうぼう)に立っている。

重要な話の最中だが、腹が減ってはなんとやら。時間も丁度いいし、カイトたちは学園が終わってすぐにここに来たので、昼食はまだ食ってないそうだ。

というわけで、家主である俺が皆に昼飯を振る舞うことにしたのだ。

この屋敷の厨房は、揃っている調理器具といい広さといい、一般家庭というよりもレストランのような構造で、なんとも本格的な印象だ。

そこで料理の準備を進めていると、ココアが話しかけてきた。

「ア、アヤト様……本当に大丈夫ですか？　アヤト様がそんなことをせずとも、レシピさえ教えていただければ、私たちがお作りしますすよ？」

俺が料理することに不安を感じているのか、ココアがオドオドしながらそう言う。まるでリナみたいだ。

「まぁ、任せろって。たしかにあまり作ったことはないけど、自信はそこそこあっから。楽しみにまっとけ、俺の愛情料理」

「愛情料理」なんてらしくもないことを言ってみたが、やっぱり恥ずかしい。

ほら、変なことを言っちゃったから、ココアも笑いをこらえるようにぷるぷる震えて……

「……ぶはっ！」

突然鼻血を勢いよく噴き出した。

前も鼻血出してたけど、精霊も血が通ってるんだな……なんて思ってる間にも、人間だったらすでに致死量(ちしりょう)を超えているであろう量の鼻血がドバドバ出ていた。え……死ぬの⁉

「ご心配には及びません、これは人間らしく振る舞うために魔力で再現している演出ですので……逆に言えば、それだけアヤト様に愛情を向けているとお考えになってくださっても構いません」

鼻血を垂らしながらキリッとした顔で言われても……

「そ、そうか……どちらかと言うと、そんな愛情表現をしようと考えたお前の頭の方が心配だよ、俺は」

そんなココアを放っておいて料理を始める。

具材はじゃがいも、人参、しらたき、玉ねぎ、肉。調味料はだし汁、砂糖、酒、みりん、醤油。

名前が違ったり、見た目が違ったりと色々難関はあったが、なんとか集められた。

この材料で作るものは、肉じゃがだ。

さっきはちょっと見栄を張って「あまり作ったことはない」と言ったけど、実は全く作ったことがない。というか正確には、『作れない』のだ。

なぜならば、コンロに火を点ければ爆発し、包丁で軽く食材を切ればなぜか刃が折れこちらに飛んでくる、しまいには換気扇を回しただけでプロペラが外れて向かってくる始末。

料理どころか、こちらの命が危ないのだ。

だけど今なら……呪いの弱まった今なら！

コンロの魔道具にスイッチを入れ、カチッという音と共に小さい火が点く。

「……よしっ！」

小さくガッツポーズを取る。

あとは、母親が料理していたのを遠くから観察していた時の記憶通りに作るだけだな。

無言で調理をしていると、リビングの方から声が聞こえてくる。

「へぇ、ウルちゃんとルウちゃんって言うんだ？　俺は――」

「あっ、ちょっとオルドラ！　そこあたしの定位置なんだから座らないでよ！　っていうか光らないでよ！」

「お、おう、すまん……フィーナ殿は精霊王が相手にも物怖じしないのだな……」

「ねぇねぇ、ちょっと火出して遊んでていいかな？」

流石にうるさすぎるだろと思ったタイミングで、アルズらしき声の不穏な言葉が聞こえてくる。俺はすかさず戸棚からフォークを四本取り出し、無造作に厨房の入り口に向かって投げた。

ヒュッ、カッカカッ……カツンッ！

「うわぉっ!?　な、何？　フォークがどこからか飛んできたよ!?　もうちょっとで当たるところだった！」

跳弾させたフォークは、ちゃんと届いたようだ。

「……あたし見たわよ。そこの入り口から飛んできたの。投げたの絶対アヤトでしょ」

これで静かになるといいんだが。

しばらくして、完成した肉じゃがを、鍋ごとリビングのテーブルに持っていく。

これだけ人数がいると取り分けるのも面倒なので、各自で取ってもらった方がいいだろう。

各々で取り分けるように言うと、出来上がった肉じゃがを見て、全員が驚愕していた。

「先輩……本当に料理作れたんですか⁉」

などとカイトがツッコミを入れてくる。こいつの口の中に、できたて熱々(あつあつ)の肉じゃがを詰め込んでやろうかと思ってしまった。

それから各自取り分けて食べ始める。

「美味い……なぁ、これって俺やミーナより女子力高いんじゃないか？」

「……私だって肉なら焼ける」

「それ、本当に焼くだけだろ」

ミーナとメアは、箸(はし)を動かしながら少し落ち込んでいた。

ヘレナなどは無言でバクバク食っている。美味しいと思ってくれているからそんなに食うんだろうが、感想の一つくらい言ってほしい。

【肯。箸が止まらないほど美味しいです】

こいつ……食べながら念話で喋りやがった！　なんで変なところで器用なんだよ⁉

そんなヘレナは置いといて、ウルとルウに目をやると、幸せそうに食べていた。

「美味いか、二人共？」

「美味しいです！」

「なの！　お口の中が幸せなの！」

そこまで言ってもらえると、作った甲斐があるというものだ。

ココアなんて頬を紅潮させながら、一つ一つ噛み締めるように食べてるもんな。

ただ一つ気がかりなのが、エリーゼが無表情のまま箸を止めてることだ。まさか口に合わなかったか？

「エリーゼ？」

「……申し訳ございません、あまりに懐かしかったもので」

「懐かしい？　……ああ、そうか。こっちに来てから食べてなかったってことか」

俺の推測に、首を横に振るエリーゼ。

「いえ。あちらでも、このようなものを口にする機会はあまりありませんでしたので……これを食べたのは十年ぶり、となります」

「……あ？」

その言葉に俺は眉をひそめて、エリーゼに視線を向ける。疑問を持ったのは俺だけでなく、カイトや他の奴らも首を傾げていた。

十年？　二年や三年でなく？

「ちょっと待て。失礼は承知で聞くが、あんたの今の年齢は？」

「七十……そうですね、突然三年前に連れてこられたこちらに来たのを合わせれば、七十三になりますか」

思い出したかのように言うエリーゼ。なんだろう、どこから突っ込もうか……

「一応だけど、あっちにいる時からその姿……ってわけじゃないよな？」

「もちろんでございます。たしかに世の中には百を超えてもなお、二十代そこそこくらいの若々しい姿をする妖(あやかし)のような方もいらっしゃいますが、私は正常に歳をとり、ちゃんとシワだらけのババアになっていましたよ」

まさかの自虐(じぎゃく)ネタを挟んできたが、とりあえずそっちは置いておく。

「ってことは、若返って召喚されたってことか」

「はい。魔法やスキルを使用しているわけではないので、召喚による副作用か、特典の一つとしていただいたものかと」

だよな……俺はシトと話し合ってここに来させられたが、他の奴は問答無用(もんどうむよう)で誘拐同然に召喚されてきたんだ。

であれば、シトと話してない以上、特典ではないということになる。

「ん？　それじゃあ、その赤い目もか？」

「はい、若返り同様、鏡を見たらすでに。今のところ色が変わったこと以外の変化は見受けられませんので、何の意味があるのかはわかりませんが……」

三年近く何もなかったんなら、ただカラーコンタクトしてるのと変わらないってことか？

もしかしたら、何か条件を満たしたら発動するとか、そういう能力があるのかもしれないが……

「あのー……」

すると、カイトが恐る恐ると言った感じに小さく挙手する。

「『向こう』とか『召喚』とか……さっきから何の話をしてるんですか？」

ああ、そうだった。

これから俺の弟子になるのだから、知っておいてもらった方がいいだろう。

「お前らさ、俺がこの世界の住人じゃないって言ったら……信じるか？」

「……にゅん？」

あ、カイトがバグった。

「え？　えっと……」

気を取り直したカイトとリナの二人は、困惑した表情になる……が、カイトが「あれ？」と素っ頓狂（すっとんきょう）な声を出す。

「あ、意外と結構信じられます」

「なんで？」

「だって……」

カイトが視線をリナに送る。リナも同意しているらしく、苦笑を浮かべていた。

「ただのレイピアで、大きな岩をバターみたいに貫いたり、遠くの木に風穴を開けたりしてますからね……同じ人間っていうより、魔物とか、違う世界から来た超人って言われた方がしっくりきちゃいますね」

ほう、魔物の方がしっくりくると……ほう！

化け物と言われるよりカチンときた。

怒りのあまり、今なら手からビームを出せる気がする。

まぁ、そこら辺は大目に見てやるとしよう。

「それなら話を進めやすい。俺とエリーゼは、別の世界から呼ばれた人間だ。しかも向こうの環境はこっちより過酷だから、この世界の人間よりそもそもの力が強い、なんてのもあるらしいな」

俺の言葉に、エリーゼが興味深そうに「ほう」と呟く。

「なんとなく気付いてはいましたが、体が軽いと感じるのはそういう理由でしたか。ですが『らしい』というのは、誰の知恵でしょうか？」

「みんな大好き神様だ」

「……はい？」

やめろその『この人の頭大丈夫かしら？』的な目を！

「そもそも俺は、拉致とか強制みたいに無理矢理じゃなくて、あいつに頼まれてここに来たんだ。この世界じゃ、滅多に人の前に姿を現さないってだけで、ちゃんと神が存在するんだぞ。だからその可哀想な奴を見る目をやめてくれ。そろそろ泣くぞ」

「それは失礼しました。面妖なこの世界に来てから、あらゆるものを見てきましたが、まさか神様が存在するなどとは初めて聞き及びましたので……」

ファンタジー系を『面妖』と表現する辺り、たしかに年齢を感じる。

「ってことは、その世界の人は、みんな先輩みたいに強いんですか？」

「まさか」

その一言を発したのはエリーゼだった。

「アヤト様の一族は、最強の一族と称されております。その中でもアヤト様は稀有な才能があると名高く、その実力を知る者は、一族でも最強に位置すると口を揃えて言っています。つまり、世界最強でございます」

おお、持ち上げる持ち上げる。っていうか、俺ってそんなに有名だったの？

道理で俺の仕事の邪魔をする奴の大半が、「腕試しをしたい」なんて言ってたわけだ。

「言い過ぎだ、と言いたいところなんだが、ここにいる理由が理由だから否定しづらいんだよな……」

「理由？」

カイトが首を傾げる。

「俺がシトの奴……神に呼ばれた理由が『世界で最強だから』なんだよ」

「ま、マジですか……」

そう言うカイトの目は、驚きだけでなく期待にも満ちていた。

なんとなく、考えてることがわかる気がする。

「……言っとくが、俺は正式に弟子を取るのは初めてだ。だから俺の下について絶対に強くなるなんて保証はないぞ」

「はい、それでも先輩に教えてもらいたいです！」

「さっきの話でも言おうとしたが、弟子になるなら魔族大陸に付いてきてもらうことになる。最悪の場合は死ぬかもしれない……それでもか？」

と、一応ここで脅してみる。

正式に弟子になるなら、魔族大陸にも連れて行くし、戦いも経験させるつもりだ。実際に向こうの敵がどの程度のレベルかはわからないが、死ぬ覚悟を持ってもらわないと、軽い気持ちで来てもらっては困る。

まぁ、魔空間で待機しててもらうって手もあるが、なるべくなら実戦も積ませたい。武人祭までは時間がないしな。

カイトは少し悩んだ後、はにかんだような笑顔になる。

「はい、先輩に付いていきたいです！」

「私も、行きたい、です」

そう言い放ったカイトとリナの目には、死ぬ覚悟とまではいかないが、確固たる決意が見えた。

俺としてはいい覚悟だと思うが、ただ少し引っかかる。

「誘った俺が言うのもなんだが、お前ら命が惜しくないのか？」

「逆ですよ。俺たちは冒険者志望だから、死なないように鍛えて強くなりたいんです」

ああ、そっか。

元いた世界と違って、ここは魔物が日常にいる。クマや虎が街中を徘徊していて、一般人が下手に外を歩けないでいるようなものだ。

この世界には魔法や魔術はあるが、高火力のものを誰でも扱えるわけではないから、素人でもある程度使えるとされる銃のようなものはない。

限られた手段の中で、魔物という脅威に立ち向かい、生きていかなければならないのだ。

そしてカイトたちは、その手段を増やすために弟子入りする決意をしたのだろう。

「つまり、どうせ死ぬなら魔物に食われるより、強くなる過程で死んだ方がマシってことだな！」

「嫌ですよ!?　死なない程度に鍛えてくださいって！」

「大丈夫だ、安心しろ。俺、回復魔術使えるからさ、死ぬ寸前までいっても、死んでなければ元に戻るんだ」

「不安が増したっ！」

そんなカイトのツッコミに、皆から笑い声が上がる。

こうして初めて正式な弟子ができた。

そのことに内心、嬉しくなっている俺がいた。

閑話1　勇者たち

眩い光のようなものに包まれて、ロクに目が開けられない。

ここはどこだ？　俺はたしか……ああ、そうだ。

アヤトがいなくなった原因と行方の手がかりを求めて、アヤトの部屋を物色……もとい捜索していたんだ。

結果、特に手がかりになりそうなものはなく、神様とか異世界とか書かれた胡散臭い手紙を見つけただけ。

ただ、その手紙を読んだ後にラノベだのアニメだののテンプレ展開よろしく足元が光った。

そしてそのテンプレ通りであれば俺は……新谷結城は――

「成功だ！　本当に成功したぞ！」

「いや、まだだ。彼が本当に力を持っているか……」

「そんなことはいい、まずは姫様を呼べっ！」

浅く覚醒した意識の中、男たちの話し声が聞こえる。それは喜び半分、焦り半分の声だ。

周囲を確認しようと思ったけど、まるで寝足りない時のように瞼が重く、開くことができない。

なんだか地面も冷たくて気持ちいいし、このままもう一眠りしてしまおうか……そう思っていたところに、女の子の声が聞こえてきた。

「この方が勇者様ですか？」

ずいぶん可愛らしい声だ。声優だったら絶対成功しているだろう。そしてその声に、さっきの男の声が答える。

「はい、イリア様。勇者の適性があるかどうかはこれから調べていきますが、たしかに勇者召喚の陣の中から現れた者でございます」

「わかりました。至急、空いてる部屋を綺麗にし、必要な寝具や衣服を用意しなさい！

ナタリア、悪いけどこの方を部屋まで」

「かしこまりました」

ナタリアと呼ばれた女性の声も、凛としている。

二人共きっと可愛いんだろうなーなんてことを考えているうちに、俺は睡魔にまかせて意識を手放した。


それからどれだけ眠っただろうか。

意識を取り戻した俺は、眠る前の冷たく硬い床ではなく、ふっくらと暖かい布団に包まれていることに気付いた。

目を開くと、豪華な装飾が施された天井が目に入る。こんだけキラキラしてたら寝づらそうだな……

っていうか――

「ここどこだ?」

さっきも思ったことを口にする。

今度は引きずるような眠気もなく、普通に体を起こして動かせた。

自分の体を見ると、綾人の家に寄った時の制服姿でベッドに寝かされていた。

そのベッドの横には小さな机があり、畳まれた布と紙が置かれている。

　まずはその紙を拝見。

　……なんだこれ？

「文字、なのか、これ？　だとしたら全く読めねぇ――」

　ズグンッ！

「――ッ⁉　頭が……！」

　その文字を見た瞬間、割れるほどの頭痛に突然襲われる。

　それも一瞬ですぐに治まったが……

「なんだったんだ、一体？　どこかぶつけたか……って、あれ？」

　頭痛の際に落としたさっきの紙を拾い上げると、ミミズのような文字みたいなものが日本語へと変わっていた。

「さっきまで違う文字が書かれてたよな？　……まぁ、よくあるパターンで考えるなら、異世界言語の翻訳機能が働いたってところだろうな。そんで、なんて書いてあるんだ……？」

　そこには、綺麗な文字でこう書かれていた。

【勇者様、ご機嫌いかがでしょうか？　どうやら眠ってしまっているようなので、勝手ながら寝室へと運ばせていただきました。あなた様に似合いそうな衣服を見繕ったので、気に入っていただけましたらお着替えくださると嬉しいです。それと、目を覚まされました

ら、扉の前に待機している者にお声をかけてください。お待ちしております】

手紙を読み終えた俺は、机の上に置いてあった布を広げる。

シンプルな黒いシャツに、白を基調としてところどころに金の飾りがあしらわれた、後ろの裾だけが伸びているジャケット。いわゆる燕尾服ってやつのシルエットに似ている。

そして下は、ジャケットとお揃いの白いズボンだった……こういう系の服を着てるアニメキャラ、どっかで見たことある気がする。

書かれていた通りに着替え終わり、近くにあった全身鏡で自分の姿を確認する。

「……わぁお、すっげぇ恥ずかしい」

それこそアニメなんかでキャラが着てる分にはいいなと思えるけれど、現実で自分が着たらコスプレっぽくてかなり痛々しく思えてしまう。

……えっ、ちょっと待って？

「まさかこれで街の中を出歩いたりするの？」

遠くない未来の姿を想像するだけで、顔が熱くなってきた。

気を取り直した俺は、案内係とやらの姿を確認するために、扉をソッと開けて覗いてみる。

扉は廊下側へと開くタイプだったので、右側しか見えない。

そこには人影はなく、長い廊下が遠くまで続いていた。

寝かされていた部屋の豪華さや廊下の長さから察するに、ここは城の中だろうか。

もう少し扉を開けて反対側も確認してみると、壁に寄りかかって座り込み、寝息を立てている子供がいた。

なんでこんなところに子供が？

よく見るとメイドの服を着ている。

ごっこ遊びか何かだと思いたいが、あの手紙のこともあるし、もしかしたらこの子が案内係なのか……？

その子供の近くに行き、体を揺らして起こそうと試みる。

「ねぇ、ちょっといいかい？」

「う、うーん……」

子供が反応して薄目を開ける。顔立ちはそこまで幼くなく、少女と呼んで差し支えないだろう。

するとぴょこんと少女の頭に何かが立ち上がる。丸くて何かの動物の耳のようだが……

「ふぁ～……あれ？」

そして少女が大きく欠伸をして口を開くと、そこには人間ではありえない、見た者の背筋が凍るほどに鋭い牙が生えていた。

「人間じゃ……ない!?」

「あ、勇者様！　おはようごぜぇますだ！」

俺の驚きを他所に、少女は訛りの入った挨拶をしてきた。

「あ、えっと……おはようごぜぇます？」

俺が挨拶を真似すると、彼女は顔を真っ赤にしてしまう。

「恥ずかしいだ！　おら、ドが付くくれぇの田舎から出てきたんでけども、中々直んなくてな……ちーっとばかし不快にさせっかもしんねぇけど、堪忍してくだせぇ！」

少女はそう言ってペコリと頭を下げる。

言葉はともかく、丁寧な態度につられて俺も思わず頭を下げてしまう。

「これはどうも。新谷結城と申します」

「ああ、そんなにかしこまらんと頭を上げてくだせぇ！　おらはクリララっちゅう言いますが、覚えんでもよかですよ？　ユウキ様はイリア様の大切なお客様……いんや、この世界の大切な希望だでな！」

クリララという子に案内されて、おそらく謁見の間であろう場所に着いた。

そこにはいかにも偉そうな人たちが集まっていて、奥の少し高い場所に置かれた仰々しい椅子には、二人の男女が座っていた。

誰も彼もが綺麗な服を着て、自分が権力者であることを示そうとしているように見える。

「おお、目が覚めたか！　どこか体に異常はないかな？」

一番最初に、王様であろう男の人が話しかけてきた。

短い金髪で、髭を少し蓄えたダンディな感じだ。

「ええ、おかげさまで。あんな気持ちいい布団で寝られたのは久しぶりです」

「そうか、それはよかった」

心の底からそう思っているかのように、優しい笑顔で返してくれる。

この人たちは信用していい……のかな？

ここで綾人みたいに、相手が嘘を付いているか判断できる力があればよかったんだけど。

「ところで……あー、勇者殿？」

呼び方に困っている様子の王様。あ、名乗るの忘れてたな。

「新谷結城、結城でいいです」

「ユウキ殿か、よい名だ。私はラサシス・カルサナ・ルーメル、こっちにいるのが私の妻、ロロナだ」

かなり顔立ちが整った美人さんが、座ったままペコリとお辞儀する。

こちらは黒に近い灰色の長髪を、三つ編みにして前に垂らしていた。相当量が多いのか、三つ編みにされた髪がロロナさんの腕より太くなっている。

やっぱり王様の奥さんが美人っていうのは鉄板なんだろうな、なんて思いながらお辞儀を返す。

すると、俺が入ってきた扉が勢いよく音を立てて開かれ、美しく長い黒髪の少女が入ってくる。

純白の綺麗なドレスを着ていて、まるでお姫様のようだった。

「お父様！　こちらに勇者様が……あっ！」

少女が俺と目が合うとハッとする。ラサシスさんを「お父様」と呼んだってことは、彼女は本当にここのお姫様らしい。

「イリア、行儀が悪いぞ」

「……大変失礼しました、勇者様。私はイリア・カルサナ・ルーメル。この国の王女です」

自己紹介をしてくれたイリアに、ラサシスさんたちにしたのと同じように名乗る。

「ユウキ様、ですか。私の手紙をちゃんと読んでくださったのですね。似合っていますよ」

そう言って微笑む彼女が一瞬、天使に見えた。っていうか天使だ。

なるほど、美形一家の遺伝子はしっかり受け継がれてるわけだ。

この格好が似合っているという言葉に若干戸惑ってしまった俺は、複雑な気持ちで「ありがとうございます」と返した。

「さて、ユウキ殿。まずは突然ここに呼んでしまったことを、謝罪させてくれ」

ラサシスさんは立ち上がり、俺の前まで降りてくると、深々と頭を下げる。しかも妻のロロナさんも一緒に。

「たしかに驚きはしましたが……それより少し気になることがあるんですけど、いいですか？」

「なんだろうか？」

ラサシスさんが顔を上げる。

来て早々こんなことを聞くのも気が進まないけど、有耶無耶(うやむや)にされるよりいいだろう。

「俺は元の世界に帰れるんですか？」

その質問に周囲がざわめき、ラサシスさんが暗い顔をする。

「それは……」

その言動と周囲の反応で悟った。ああ、これもテンプレ通りなんだなと。

そうだよね、これで簡単に行き来できたらファンタジーじゃないもん。ただのお隣さんになっちゃうもんね。

「わかりました。まぁ、母さんや父さんと会えなくなるのは寂しいけど、仕方ないですよね。こっちも何か事情があって呼んだんだと思いますし、潔(いさぎよ)く諦めます」

流すような軽い笑いでそう言っておく。

気にしないとまではいかないけど、もしかしたらちゃっかり帰れた、なんてパターンもあるかもしれないし。

気楽にそんなことを考えていたら、目の前からゴンッと大きめの音が聞こえた。

見ると、ラサシスさんが頭を地面に付けていた。豪快な土下座だ。

「お父様⁉　何を――」

「すまない、君にも家族がいるのに……！　だがしかし、それだけ緊迫した状況なんだ。勝手なのは重々承知だが、君の力を我々に貸してほしい！　この通りだっ！」

そう言ってラサシスさんは、これ以上ないくらい地面に頭を押し付ける。

ロロナさんも悲しそうな表情で頭を下げる。

「多分、私たちが何度頭を下げたところでどうにもならない問題でしょう。ならば償わねばなりません。もし、私たちの願いを聞き入れていただき、無事叶えられましたら……王位をお譲りします」

俺も思ってもみなかったロロナさんの言葉に、周囲の人たちのざわめきが大きくなる。

「王位を手放すですと⁉　何をお考えになっているのですか！」

「そうですぞ！　しかもその王位をどこの馬の骨とも知らぬ若造なんぞに――」

「黙りなさい」

おそらく貴族であろう人たちの発言をロロナさんが遮り、圧をかけるように低い声を発した。

それを受けて、全員が黙り込んでしまう。イリアという子も、まるで叱られているように萎縮してしまっている。

「この少年がどんな人間であれどんな立場であれ、私たちの手で彼から全てを奪ったことに変わりはないのです。全てを捨てて命を賭けてくれようとしている彼に、それくらいの対価がなくてどうするのです！」

さっきまでのおっとりした雰囲気から一変し、子供を叱る厳しい母親のような威厳を感じた。

……いや、いい話風にしてるけど、命を賭けようとしてるとか勝手に言われても普通に困る。

いや、わかるよ？　このままだと展開的に魔王討伐してくださいとか、魔族や他の国の人間が攻めてきただとか、どの道戦いに身を投げることになる展開だってのは。

しかもここで断って『じゃあ、お前何しに来たの？』みたいな目で見られたくないから、嫌って言えないし！

誰もが口を一の字にして閉じている中、俺は思い切って口を開く。

「すみません、王位なんて大層なもの要らないんですけど、俺」

俺がそう言うと、全員が驚いた顔をしてこっちを見る。

「ですが、それでは……」

「いやー、たしかに王位って凄そうですけど、どこにも行けなくなりそうで……それに、ちょっと気になってることがあるんですよ」

「気になっていること……ですか？」

そう言ってロロナさんが首を傾げる。あ、可愛い……いや、人の奥さんを可愛いとか思っちゃいけないよな。

コホンと咳払いして気を取り直し、あのことを聞く。

「シトって名前を知っていますか？」

「っ⁉　……どうして、この世界の神様の名を……？」

かなり動揺した様子のロロナさん。他の人も似たような反応をしていた。

別の世界から来たはずの俺がここの神様の名前を出せば、そりゃあ驚くよな。

この世界に飛ばされる前に見た手紙に書いてあった『神様』と『シト』という単語を思い出した俺は、ある推測をしていた。

もしシトという名前がこの世界に関係しているのなら、アヤトもここにいるってことになるんじゃないかと。

なら、俺が欲しいのは王位なんかじゃなく——

「俺の友達も多分、この世界にいるらしいんです。だから王位じゃなく、人を探してほしいんです」

そう言った瞬間、今まで以上に大きいざわめきが広がった。

「そんな……まさか他にも勇者が⁉」

大声を上げたのはイリアだった。

彼女の両親も目を見開いている。

「不確定ですけどね。だけど可能性はあります。あいつの……小鳥遊綾人（たかなしあやと）の情報を集めてくれませんか？」

これからどうなるかはわからない。だけれどリアルチートのあいつがいれば、どんな世界でもやっていける気がするんだ。

だからまず、元の世界に帰るより先に綾人を見つけようと思う。それがこの世界に来て最初の目標だ。

☆★☆★

豪華な装飾物で飾り立てられた大部屋。

その中央の床に巨大な魔法陣が描かれており、その周囲には黒いローブを頭まで被った者が数十人、杖を片手に両手を掲げていた。

その場所を見下ろすようにして玉座らしき絢爛な椅子に座り、頬杖を突いている黒髪黒髭の男が一人。

「王よ、もうすぐ準備が整います」

黒いローブを着た魔術師の一人がそう言うと、玉座に座っている男が頷く。

「これも三年ぶり、か……今度こそ『ハズレ』でないことを祈ろう」

その王の言葉に、斜め後ろに控えていた強面の男が反応する。

「王よ、もし光を持つ者が現れずとも、戦力として加えてはどうでしょうか？　三年前に召喚した例の女は、現在では冒険者としてそれなりに名を馳せているようですが……」

その男は長身を鎧に包み、隙間から見るだけでもわかるほど引き締まった筋肉をしている。

屈強な戦士、まさにそう呼ぶに相応しい体格をした男だった。

「ガーランド、お前の言う『それなり』とはAやBランクの話であろう？　その程度なぞ、掃いて捨てるほどにおる。これだけの労力と魔力を費やしたのだ。最低でもお前のようなSSランクレベルの実力でなければ困る。たとえ異世界の者で多少腕に覚えがあろうとも、あんなヒョロヒョロの女のガキに何ができるというのだ？」

ガーランドと呼ばれた男は「失礼しました」と一言だけ言って一歩下がる。

だが、ガーランドの気持ちは晴れないままだった。

それからしばらく、魔法陣から光が漏れ出す。

「ようやくか」

王がイラつきが混じった声で呟く。

魔法陣の光は徐々に強くなり、目が開けられないほどになっていく。輝きが最大に達したところで光は収束し、魔法陣から立ち上る巨大な柱となった。

しばらくすると、柱は徐々に細くなって消えていき、魔法陣の中央には人が倒れていた。

それは、まだ十歳にもならないであろう風貌の、華奢な体躯をした幼い少女だった。

「「……」」

その部屋に沈黙が訪れる。

一見すると、細い非力な少女。それを見た周囲の者たちは焦った様子でざわめき始める。

「何をしている？　そのガキが気を失っている間に適性を調べろ。そして光を持たぬ者であれば捨ててこい」

王の鋭い語調の命令に、黒いローブを着た者たちは子供を静かに運び始める。

ガーランドは唇を噛みながら、それを見送る。

「……何か言いたそうだな、ガーランド？」

ガーランドの内心を見抜いたような王の問いかけに、当人は驚きに目を見開く。

「いえ、できればあの少女の世話を私が、と思ったまでです」

「ほう、貴様、あのような幼子(おさなご)が趣味か？」

「お戯(たわむ)れを……」

王の言葉に苦笑いで答えるガーランド。

「冗談だ、わかっている。もし光を持つのであれば、あの者の育成は貴様に任せた」

「ハッ！」

ガーランドは勢いよく頭を下げると、運ばれている途中の子供を受け取り、お姫様抱っこで抱えたまま、その場から去った。

白く清潔なベッドが並ぶ医務室で、少女が小さく寝息を立てて眠っていた。

そしてその傍(かたわ)らでは、ガーランドが微笑みながら、彼女の頭を撫でていた。

「こんな小さな子すら戦争の道具にされてしまうのか……」

子供が起きていない今、誰に向けたものでもない言葉を漏らすガーランド。

するとそこに、白衣を着た女性が部屋に入ってきた。

「今いいか？」

「シャード先生」

女性の背はガーランドに届くほど高く、赤い髪も足まで届くほどに長い。白衣の下はヘソが見えるような短い黒シャツで、豊満な胸がより一層目立っている。

目の下にはクマがあり、気だるそうなジト目をガーランドに向けていた。

そんな彼女がタバコを咥えながら、ガーランドたちに近付いてきた。

「一応この少女は患者だ。タバコは控えてくれ」

「おっと、失礼」

シャードは残念そうにしながら、近くの机の上の灰皿に、タバコを押し付けて火を消す。

「それでその子供はぐっすりか……まぁいい。先程この子から採取した血液を調べ、たった今魔法適性の検査結果が出た……『当たり』だ。光の適性がある。しかもかなり相性がいい。ここまで相性がいいのは今まで一度も見たことがない」

「そう、か……」

ガーランドはそれだけ呟き、大きく溜息を吐いた。

「どうした？　まるでホッとしたような、しかし残念そうな顔をしているぞ？」

シャードの言葉に、ガーランドの体がピクリと震える。

「何のことだ？」

「フフン。わかりやすい、実にわかりやすいぞ、ガーランド君。察するに、君はこの子供に同情をしている。そして同時に今の主君をそろそろ見限ろうとしている、そうだろう？」

「……たとえそれが本当だとして、どうする？　王に報告するか？」

凄みながらのガーランドの言葉を聞いたシャードは、気まずそうに頬をポリポリと掻く。

「まさか全部当たりか？　かなり適当に言っただけだったのだが……そうか、そう考えているのか……」

「……」

盛大な自爆をしたガーランドは、火が出そうなくらいに赤くなった顔を片手で隠す。

「ふむ、ではその考えに私も便乗しよう」

「なんだと？」

シャードの言葉に目を見開いて驚くガーランド。すると彼女はクスリと笑い言葉を続ける。

「なんだ、あの男に君の裏切りを報告するとでも思っていたのか？　残念だが私は、金が貰えるからあのクズの下にいるに過ぎない。そして同時に、いつでも見限っていいほど、あの男には心底うんざりしているのも事実だよ。それは君も似たようなものじゃないか？」

仮にも王である男をクズ呼ばわりするシャードに、ガーランドは短く笑い「確かにな」と呟いてから続ける。

「だが、バレたら打首ものの問題発言だな」

「そうだな。それにもしそうなったらまぁ……その勇者殿と共に他国へ亡命でもなんでもしようじゃないか。君もそう考えていたのだろう？」

そう言って笑みを浮かべるシャードに、『この女は本当は全部わかっていたのではないか』と思うガーランドだった。

「ああ、そうそう」

すると、何かを思い出したかのように、シャードは手をポンッと叩く。

「君はさっき、その子供のことを『少女』と言っていたが、そいつは『お嬢さん』じゃなく『坊や』だぞ?」

「……なんだと?」

ガーランドはベッドで眠っている女の子のような顔立ちをした子供を見つめる。

「こんな勇者がいていいのか?」

「いいんじゃないか?　少女のような少年勇者とは面白そうだ」

シャードはクックッと笑い、ガーランドは呆れと混乱と心配の混ざった溜息を吐いた。

閑話2　魔王たち

どこまでも続く暗い廊下に、ゆっくり歩く音が響いていた。

両サイドには鉄格子(てつごうし)が並んだ石部屋がいくつもあり、中には囚人(しゅうじん)らしき魔族がいる。その誰もが、虚(うつ)ろな目をしていた。

足音の主である男は、しばらくして一つの牢(ろう)の前で足を止める。

「気分はどうだ？」

牢の中にいる人物に向かって語りかける男。

魔族の特徴である青い肌に髪をオールバックにした彼は、サメのようにギザギザした歯を見せ付けるように、ニッと笑った。

「グラン、デウス……！」

男の名を弱々しく口にする、同じく魔族の女。

壁に張り付けにされ、ボロ布を申し訳程度に纏っている彼女は、男を憎々しげに睨む。

腰まで伸びた白髪と黄色い瞳。手足は痛々しく杭(くい)で貫かれていた。

女は歯軋り(はぎし)りしながらグランデウスを睨む。

「魔術も使えないそんな状態になっても威勢(いせい)がいいとは……流石は『元』とはいえ魔王だ。なぁ、ペルディア？」

「……お前は自分のことを魔王だと思っているのか？　だったらそれは勘違いだ。お前のような奴を誰も魔王とは認めん」

「認めない？　ハッ、違うな、ペルディア！　亜人とは違うんだ、同族や他の連中に認めさせる必要などない！　俺様が今、こうして無事な姿でここにいることが、魔王である証(あかし)だ！　……どういう意味かは、魔王であったお前が一番知っているだろう？」

　グランデウスの言葉に、悔しそうに唇を噛むペルディア。

「貴様のような小物が、アレに認められただと……!?」

「そうだ！　故に俺様が魔王！　誰もその真実を覆(くつがえ)せはしないんだよっ！」

　グランデウスはそう言って、牢の中にいるペルディアへと手をかざし、彼女の腹部へと黒い魔術を放った。

「うぐぅ……！」

「身動きが取れず魔法すら放てなくなった貴様など、もはや元魔王でもなんでもない、ただの女同然だ。俺に逆(さか)らう奴らも、お前と同じ格好にしてやろう。そう……たとえばお前が人間の大陸に逃がしたフィーナとかな」

　グランデウスの口から飛び出した『フィーナ』という単語に、ペルディアは目を見開いて顔を上げる。

「お前……フィーナをどうした？」

　その声は、呪詛(じゅそ)がこもっているかのように重かった。

　しかしグランデウスは気にした様子もなく、笑って返す。

「ああ、お前の使っていた机の引き出しの奥に、大切そうにしまわれていた呪術契約の紙を見つけてなぁ……遠眼の魔道具を使ってあいつを見つけた時に、つい発動してしまったよ！」

「き……貴様ぁっ‼」

ペルディアは怒りを露わにし、自分の手足が杭で貫かれていることなど気にせず暴れ出す。

「クッハハハハハハッ！　ダメだろうペルディア。契約相手をお前じゃなく『魔王』にしてしまっては！　俺みたいな奴に利用されてしまうではないか！」

挑発するように下卑た笑みを浮かべて、高笑いするグランデウス。

最初は力任せに暴れていたペルディアも徐々に力が抜けていき、泣きそうな顔で俯く。

「あいつを！　……あいつを、殺した……のか……⁉」

ペルディアがそう言うと、グランデウスの眉がピクリと動いて、その顔から笑みが消える。

「いや、残念ながらあいつは生きている」

その言葉にペルディアは目を見開き、グランデウスを見た。

「あの『勇者』さえいなければ殺してやれたというのに……！」

今度はグランデウスが悔しそうに爪を噛む。

その嘘ではなさそうな様子に、ペルディアは希望を抱いてほくそ笑む。

「あの呪いを解呪できる勇者が現れていたとはな。魔王になって早々、災難だったな、グランデウス」

「……ふんっ、その余裕がいつまで続くかな？　勇者といえど、結局は人間。あんな脆い種族など、ここへ乗り込んできたところですぐに死ぬだろう。その後に道案内としてノコノコやってきたフィーナを殺す」

「勇者を甘く見ていると、足元をすくわれるぞ。奴らは普通じゃない」

「なら俺様はその上を行く！　少し強いだけの奴らに絶望を見せてやるのだ。そして……その目の前で、貴様には死んでもらうとしよう。そうすればお前を慕っているフィーナも泣きわめくだろうな、クハハハハハハハ！」

笑い声を上げながらその場から去るグランデウス。

しかしペルディアはその背を見送りながら、笑みを浮かべる。

「勇者……勇者か。二十年ぶりか。もしあの時会った勇者のような者であれば、フィーナを無下にしないだろう。勇者……どうか、フィーナを守ってくれ……！」

そんな届くはずのない祈りを、掠れた声で呟くのだった。


地上に戻ったグランデウスは、気分よさそうに廊下を歩いていた。

と、そこに数人の魔族が現れ、腕を数本生やした巨体の魔族が前に出る。

「グランデウス様、報告します。現在のところ、人間がこの大陸に上陸したとの報告は未だありません」

その魔族の報告に、グランデウスは眉をひそめる。

「何、まだ来ていないのか？　……あれからもう五日は経っているのだぞ？」

「そのようです……こちらから攻めてもよろしいのでは？」

「いや、お前はわかってない……これは『魔族と人間』の戦争ではないんだよ。あくまでも、『魔王と勇者』の戦いなのだ。勇者に手出しすることは許可するが、人間の大陸を攻めるのは勇者を片付けてからだ。下がれ」

そのグランデウスの言葉に、魔族たちは一礼してその場を去る。

「ずいぶんと準備に時間をかける人間だ……だがまぁ、弱い種族である人間にはそれが当たり前か」

そう言ってクックックッと笑うグランデウス。

だが、その勇者であるアヤトが、特に準備をするでもなく模擬戦などの学園生活を楽しんでいるとは、グランデウスには知る由もないのだった。

あとがき

皆様、この度は文庫版『最強の異世界やりすぎ旅行記２』をお手に取っていただき、誠にありがとうございます。作者の萩場ぬしです。

まずは遅めのご挨拶になりますが、明けましておめでとうございます。私事ではありますが、この年に至るまで大きな病気に罹患（りかん）することもなく、無事に過ごせておりホッとしています。皆様はいかがお過ごしでしょうか。本年もどうぞ、宜しくお願いいたします。

おかげ様で文庫版も二巻の刊行となりました。単行本の一巻に引き続いて、編集の担当さんにはご苦労をおかけしたものの、小説の執筆に慣れてきたせいもあり、徐々に作品のクオリティも向上してきたのではないかと自負しております。Ｗｅｂ版の読者の皆さまの声にも大変、励まされました。

さて、本巻では主人公アヤトの新しい仲間が大家族並に増え、一気に騒がしくなります。

妹キャラのウルやルウ、アヤトのライバルとして対立するエリーゼ、弟子となるカイトとリナ。さらに他のチームメイトのメルトにリリスやサイ。加えて、アルズなどの精霊たちも登場させたため、十人以上の新キャラがアヤトの周りに集まり、お祭り状態となってしまいました。ひとえに作者である私の願望を実現させた結果です。

これはお恥ずかしい裏話ですが、当初は思いつくままにキャラを生み出していたせいもあって、途中で自分でも収拾がつかなくなり、担当さんから「このキャラ、この場にいたっけ？」などという恐ろしい指摘が入ることも……。

全くもって自業自得ではありますが、それでも自分の好きなキャラクターを登場させることができたので、悔いはありません。これからも、カッコイイ男の子や可愛い女の子を描いていきたいです。

まだまだ未熟者ではございますが、読者の皆様のご意見やアドバイスなどを参考にしながら、今後も精進していきたいと思います。

それでは皆様、また次巻で会えることを願っています。

今年も良い年になりますように——。

二〇二〇年一月　荻場ぬし

アルファライト文庫

この作品に対する皆様のご意見・ご感想をお待ちしております。

おハガキ・お手紙は以下の宛先にお送りください。

【宛先】

〒150-6005 東京都渋谷区恵比寿4-20-3 恵比寿ガーデンプレイスタワー5F
（株）アルファポリス　書籍感想係

メールフォームでのご意見・ご感想は右のＱＲコードから、
あるいは以下のワードで検索をかけてください。

ご感想はこちらから

本書は、2018年9月当社より単行本として
刊行されたものを文庫化したものです。

最強の異世界やりすぎ旅行記 2

萩場ぬし

2020年1月24日初版発行

文庫編集－中野大樹／篠木歩
編集長－太田鉄平
発行者－梶本雄介
発行所－株式会社アルファポリス
〒150-6005東京都渋谷区恵比寿4-20-3恵比寿ガーデンプレイスタワー5F
TEL 03-6277-1601（営業） 03-6277-1602（編集）
URL https://www.alphapolis.co.jp/
発売元－株式会社星雲社
〒112-0005東京都文京区水道1-3-30
TEL 03-3868-3275
装丁・本文イラスト－yu-ri
文庫デザイン－AFTERGLOW
（レーベルフォーマットデザイン－ansyyqdesign）
印刷－株式会社暁印刷

価格はカバーに表示されてあります。

落丁乱丁の場合はアルファポリスまでご連絡ください。

送料は小社負担でお取り替えします。


ISBN978-4-434-26752-9 C0193